문학과지성 시인선 562

립싱크 하이웨이

박지일 시집

문학과지성사

문학과지성 시인선 562
립싱크 하이웨이

펴 낸 날 2021년 11월 22일

지 은 이 박지일
펴 낸 이 이광호
주　　간 이근혜
편　　집 이민희 최지인 조은혜 박선우 방원경
펴 낸 곳 ㈜문학과지성사
등록번호 제1993-000098호
주　　소 04034 서울 마포구 잔다리로7길 18(서교동 377-20)
전　　화 02)338-7224
팩　　스 02)323-4180(편집) 02)338-7221(영업)
전자우편 moonji@moonji.com
홈페이지 www.moonji.com

ISBN 978-89-320-3922-0 03810

이 책은 서울문화재단 '2021년 첫책발간지원사업'의 지원을 받아 발간되었습니다.

본문 사진 © 김재영

문학과지성 시인선 562

립싱크 하이웨이

박지일

시인의 말

연탄재는 일단 발로 차고 본다

2021년 겨울
박지일

립싱크 하이웨이

차례

1부

사카린 프로젝트

홀로 탱고 하였다. 미러볼이 무대를 기록하였다. 내 자리 그곳에 없었다. 미러볼 나를 부정하였다. 나는 클럽 지붕 위 배회하는 형광 나비였다.

나는 나의 꿈속으로 도망하였다. 어둠 흔드는 탱고였다. 내가 탱고 하는 것인지 탱고가 나 하는 것인지 알 수 없었다. 한 송이씩 붉은 장미 흐드러졌다. 엉킨 스텝이 장미에게 탱고 가르쳤다.

나는 부정당한 백만 한번째 장미였다. 장미는 백만 송이 기어코 완성하였다. 심수봉은 나를 몰라. 나는 나를 부정하였다.

미러볼 위에서 장미 홀로 탱고 하였다. 나는 미러볼을 부정하였다. 나는 나를 꿈속에서 끄집어내었다. 백만 송이 흐드러진 이 클럽; 머리 하나 머리 둘 그러니까 나는 백만 송이 아래 기어 다니는 쌍두사였다.

클럽은 나를 부정하였다. 백만 송이 클럽 아래 나는 기어 다니지 아니하였다. 정원이 내게 도망하였다. 나는 정원을 품어주었다;

이 정원은 모래나 하얀 돌을 깔아 바다의 형상 떠올리게 만드는 일본의 지정池庭 양식 참고하여 만들어졌으나 나는 모래나 하얀 돌 대신 붉은 장미 백만 한 송이를 배치하여 나의 꿈속다운 특징을 지니게 하였다.

쌍두사 나를 부정하였다. 백만 송이 장미 여전히 흔들리는 정원에서 늘어나는 머리가 넷 여섯… 나는 이 뱀의 여덟번째 머리였다;

나의 순서 나는 부정하였다. 다섯 머리가 여덟… 나는 대가리 늘려가는 뱀이었다. 나 홀로 탱고 하였다. 나는 부정당한 백만 한번째 장미였다

백만 한 송이 정원은 지정 양식 잊지 아니하였다. 부정하라 나는 부정되라. 나는 물결 하였다. 백만 송이 내가;

물결 하는 클럽이었다. 미러볼 아래에서 나는 기형 하였다; 그러니까 머리가 둘 넷… 이 뱀을 읽어내는 눈동자로부터 나는 시작하였다.

크로마토그래피

우리 삼총사 어디 다 같이 좁은 방 하숙이라도 잡아 저마다 객 하나씩 불러 모으더라. 어느 날은 갈증이 나 잠에서 깬 내가 방 안 휘휘 둘러보니 잠든 머리통 얼핏 봐도 백이 넘는데. 그것들이 아침이면 군용 신발 아래 짓이겨진 밤송이처럼 허물 벗고 뽀얀 얼굴 드러내어 내가 구운 런천미트, 달걀뿌라이, 애플망고, 집 안의 귀한 식량이란 식량 다 축내고. 밤이면 덥다 좁다 서로 밀고 밀려나고 벽에 붙어 잔 것이 나다 너다 내 누운 자리가 냉골이니 어쩌니 실랑이하며 이 좁은 방의 주변인 서로 자청하고 있으니 내 편히 잠드는 날이 없다. 자진모리 중중모리 시끄러워 죽겠다고 오함마 쥐고 올라온 아래층 객 하나가 쾅쾅 현관 두드리매 빼꼼 문 열어주니, 속옷 차림으로 홀로 앉아 사서삼경이나 외는 나를 보면서 당황하는 얼굴이 꼭 실랑이하며 양쪽에서 끌어당기는 이불처럼 일렁이는데 그 모습 퍽 징그럽고 괴기하여 한 뼘 열린 현관 사이 아래층 객과 마주하여 내 석고상 한 날 생각해보니 오늘로 꼬박 마흔아흐레째더라

연습

몇 달째 같은 곡 두드렸다. 소리를 지속하라. 페달에 얹어진 내 발등 밟으며 선생은 말했다. 옆방에서 개와 이리 울음소리 번갈아 들려왔다. 지속하라. 밟을 때마다 발목 고장 났다. 내가 페달 밟는 것이 아니라 페달이 나 놓아주지 않았다. 눈멀었다. 지속하라. 지평선 너머로 날아간 새들 내 뒤통수에 대가리 박고 추락했다. 아침은 처음이었다. 어둠 아닌 어둠 새벽 아닌 새벽이 물러서지 않았다. 지속하라. 울려 퍼지는 소리. 지속하고 또 지속하라. 울려 퍼지지 않는 소리. 찰흙 머리 굳어갔다. 진도가 나가지 않아 선생은 화를 냈다. 공원으로 우리 끌고 갔다. 무성한 잎사귀와 어질러진 맨발들 구분할 수 없었다. 지속하라. 콧구멍으로 줄지어 들어간 개미들 눈동자 위에서 흩어졌다. 벤치 다 어질러졌다. 선생은 일렬로 우리 세워놓고 공원 연습시켰다. 지속하라. 덩치 불리는 솜사탕. 시계추, 가지에 거꾸로 매달린 새들. 지속하라. 선생은 꺾은 꽃을 우리에게 가르쳤다. 달리아, 맨드라미, 여우얼굴. 오선지를 종아리가 완성했다. 구석에서 우리를 지켜보던 노인이 아이 되고 아이가 노인 될 때까지. 지속하라. 우리는 없는 페달 밟았다. 친구들 다 떠났다. 지속하라. 선생도 떠났다. 공원 두드릴 때마다 보라 붉고 초록. 건반 소리 없이 물들었다.

아기 새

총성 울려 퍼진다. 다시 시작이다. 휘파람이 지배한 공원이었다. 내 이름 울려 퍼진다. 부르고 싶은 이름 많다. 부르는 사람들 많다. 공원으로 간다. 셰퍼드가 필요하다. 취한 걸음으로 다가와도 좋다. 취한 눈빛으로 바라봐도 좋다. 목줄을 떠올려도 된다. 의자, 실크, 산 능선. 셰퍼드 필요 없다. 부르는 사람들 많다. 여름의 여덟번째 태풍 시작되었다. 부르고 싶은 이름 없다. 어항을 흔들고 싶다. 금붕어를 깨우고 싶다. 어항이 나를 흔들어도 좋다. 대형 전광판 위로 흰 매듭 짓고 떠나는 바람. 오륜기 육륜기 칠륜기… 대륙은 많을수록 좋다. 방아쇠에 손가락이 목을 건다.

휴일

또 납치된 것 같습니다.

몰려오는 허기입니다. 개울과 개울의 개울 기록하는 것에 한창 몰두 중이었는데. 징검다리 걷기 반복하고 있었는데. 보이지를 않습니다 진동하던 풀냄새와 검은 물속 들끓던 비단잉어 떼.

흔한 표정 없이 주저앉아 있습니다. 묶여 있지 않아 소용없는 몸부림입니다. 이곳은 누군가의 집 같고 펼쳐진 캐리어에 셔츠와 셔츠의 셔츠 쌓고 또 쌓는 일 배정 받았습니다. 곧 납치될 것인지 막 납치된 것인지 헷갈리기 시작합니다.

일어서봅니다 빈 부엌과 화장대 앞, 베란다 거닐어봅니다. 냉장고 열면 얼린 미꾸라지 봉지들 미꾸라지와 미꾸라지의 미꾸라지. 살펴볼 틈도 없이 모터 소리 들려오는 베란다 향해 걷습니다. 태엽 풀린 병정 같습니다

아마 납치된 것 같습니다.

고무 타는 냄새. 밀려오는 허기입니다 미니카들 달리면서 트랙 만들고 있고 또 질주하는 빛들이 트랙을 베란다에 기록하고 있군요. 어쩔 수 없이 유지되는 국경입니다 난간과 난간의 난간 쓰다듬으면서 얼굴로 몰려드는 한기와 열기 동시에 느낍니다.

멀리 불 켜진 활주로. 작게 회오리치는 눈보라 눈보라. 지상 빠르게 벗어나는 비행기는 공중을 쳐놓은 빗금 같고 이것은 지금 막 착륙을 시도하는 비행기에도 적용할 수 있습니다 오늘의 비행기 모두

실패한 장난감입니다. 나는 트랙에 강제로 삽입된 멜로디 같습니다. 한쪽 귀로 동시에 파고드는 비단잉어와 미꾸라지의 궤적입니다. 공터를 원했을 뿐인데 돌과 돌의 돌이 돌담 쌓아 올리고 슬레이트 슬레이트 지붕과 화약 냄새 풍기는 눈동자들 나를 둘러쌉니다.

깜빡이는 관제탑; 뭉쳐지는 구름

바람은 꽉 목 움켜쥐는 양손처럼 구름 빚어놓았고

잊으라 흔들리던 징검다리, 뒷덜미 낚아챈 손, 집의 설계도 다 잊으라. 잊고 잊음으로써 경주마들 일제히 달려오는

트랙 한복판으로 곧 납치될 것 같고. 두 눈 더듬을 때마다 아무 일도 일어나지 않는다는 사실만이 자꾸만 이곳에서 저를 훔쳐냅니다. 아아 배고파 부엌에서 접시 쥐고 거품과 거품의 거품 만들어내면서 나는 자꾸만.

사카린 프로젝트

헛도는 핸들 앞에 앉아 밤의 도로를 질주하고 있습니다. 이쯤에서 나를 위한 교통정리 한 번쯤 필요한 것이었고. 좌우로 늘어선 휴게소 굴뚝은 오늘도 연기 끝내질 않네. 이 도로 슬슬 지겨워. 아반떼 안으로 연기 밀려들고 어디 땅 디딜 만한 것 내게 남아 있나, 바지 뒷주머니라도 뒤적여보는 동안 이 아반떼는

내가 조수석 앉아 담배 태우는 장면으로 바뀔 수도 있다. 그러나 이것은 사족. 방금 창 바깥으로 담배 연기와 함께 흘려보낸 정황이므로 나는 힘주어 액셀이라도 밟는 수밖에.

아반떼 속력 높아질수록 어깨로 전해지는 진동 강해지고 흔들리는 어깨는 인물의 심리나 상황을 파악할 수 있는 중요한 단서로 취급되곤 한다지만 거기

다 틀렸습니다 평론가 양반. 이것만은 다른 해석의 영역으로 퉁 치고 넘어갈 수 없겠습니다. 지금 아반떼 안에서 나 행복 겨워 죽을 것만 같고요, 조금 과장하여 좌우 어디 가드레일이라도 발견한다면 전방의 노루 같은 것 쳐버릴 수도

해파리 유영;

벗어날 수 있을 거라 생각해?
벗어날 수 없을 거라 생각해.

설중매雪中梅

내 사타구니 적산 가옥 한 채 자리 잡아 벌초 핑계 꼭 안 해도 어디 들쥐 떨 때, 들판 싹 불 지르고 내 달아날 때마다 철골 휘고

대들보 삐져나오며 천장 어데 마술하듯 흙먼지 쏟아낸다. 잡다한 주방 식기, 암체어, 또 설중화라 하여 돈깨나 주고 사들인

우메梅花 화폭 구석 한데로 다 밀려나니 내 이제야 문 열고 이 가옥 빈 거실 한가운데 들어서 삼지창 꺼내 들고

춤춘다 해도, 인터넷이 끊어낸 콤퓨타 한 대. 파란 화면 위로 내 동작, 창의 휨새, 먼지 폴폴 날리는 보폭 다 기록 중이시니 내 신명 나 탁주 한 사발 들이키다가도 당장

꽃가루 털어내는 들판 펼쳐지니 그것부터 가로질러 마침내 목포 어데 선착장서 일 배. 이 배.

삼 배. 바다 향해 연신 도게자 하니 소말리아 해적, 삼별초, 퇴역 군인, 잡다한 배에 실려

여러 섬 뒤에 각각 몸 감췄다가 나타나 돌연 사방 향해 총포 쏴대는데 내 놀라 뒷걸음질하니 지붕부터 닌히드린 용액 흘러내리는 내 붉은 집.

이 적산 가옥.

유리창 달라붙은 달팽이가 자그마치 일 톤 트럭 두 대 분량이다.

모나리자

옆으로 밀쳐내면 그가 가리고 섰던 오솔길 드러나고 확대되는데 그 길 따르자니, 내 두 귀

얼굴 자르고 달아난 지 한참이다

귀 내시경; 그곳 단향목으로 지은 오두막 한 채 있고 공방임을 알리는 팻말과 도끼날 박힌 나무 밑동 있으며 수염 덥수룩한

도자기공 서서 던힐 파인컷 한 까치 물고 성냥 당기던 자세 그대로 렌즈 응시하니 내 저 도자기공 기록하려는 순간, 밀쳐냈던 그가

옷깃 여미며 멀리서 허겁지겁 달려오는데 이미 내 화면 공방 실내 들어선 지 한참이라 도는 물레 앞에 앉은 도자기공이 바라보는 곳 그곳에는 나와 의사의 얼굴 있고 내 정수리에

궁둥 깔고 의사 앉아 운동하니 내 양쪽 귀 돌리는 발목, 기름 냄새, 그러니까 미증유 휘발유 내 여기 물레 앞까지 도달한 적이 처음이라 어제와

같은 기도문 외운다 물레가 내 얼굴 싣고 돈다 물레 내 얼굴이 돌리고 있다 기도문 매번 처음이니; 밀쳐낸 그가 한 수 물러 병실 입구

막아섰다 문 너머 관광객들 을 소거하니 아메리칸 바이블 내 눈앞 파르르 펼쳐진다

일점일오 센티미터

구름 찢는 사람 있으니 그것 굴려 보기 좋게 다듬는 사람 있고 이 친구의 당일 컨디션 따라 찢긴 구름 조각은 원형 아닌 사각 오각 아닌 사방격자 등 여러 형태로 바뀌는데

구름 꿰매는 사람 일단 주워 삼키고 보는 사람 릴레이하듯 역할 계속 놀이한다더라. 단 벽에는

대각선 두 개 새겨져 있을 뿐이며 교차점에 사진 한 장 걸려 있다는 사실 변함없는데 부삽으로 구름 퍼 아궁이에 던져 넣는

사람 이 사진 그 사람의 구부정한 등만을 비추나 작품은 렌티큘러 연작이라 하여 보는 각도 따라 불 속으로 던져지는 구름 볼 수 있고 한 손에 쥔 구름의 멱살이나

질질 끌리는 구름의 무릎 볼 수도 있다. 하여 천천히 뒷걸음질하던 관객은 어느 자리 지나며 구름 타는 냄새 맡지 않을 수 없는데 이 냄새는

일단 차치하고 각막의 지름은 대략 일점일오 센티미터로 곧추선 뒷모습 하나 세워놓기에 적당한 길이라더라 관객이 넘어지는 자리는 항상 동일한

좌표점이며 당황하여 허우적거리기도 잠시 관객은 배

영 자체를 즐기거나 바닥에 닿을 듯 영원히 닿지 아니하는 자신의 등을 즐겁게 상상하지만, 그것마저도 잠시 어찌

기울면서 도통 기울지 않는 자신을 영원히 응시하지 않을 수 없는 과정으로 던져진다더라.

복도 책걸상 강의실 안으로 옮기라 하시니

먼저 의자 두 다리 질질 문턱 앞까지 끌어온 뒤 슬쩍 들어 안으로 옮겨놓고 마찬가지로 책상 두 다리 질질 끌어 문턱 앞 이르렀으니 책상 끌어안고 왼발 먼저 문턱 넘고 오른발 이내 들어 강의실 완전히 들어서려는 찰나 도로 책걸상 바깥으로 빼라 하시니 들어 올린 오른발 한 수 물려 문 바깥에다 두고 책상 두 다리 도로 질질 끌어 제자리에 옮겨놓고 강의실 들어가 의자 두 다리 질질 끌어 다시 바깥으로 빼놓았는데 이 짓 반복하라 표정 없이 이르시되 내 바깥사람 성격이 좋아 몇 번 순종하여 옮기다 그만 힘 빠져 놓친 책상이 발등에 타박상 해놨더라 마찬가지로 성격 좋은 내 안사람 그걸 보더만 들고 있던 책상 한 손 번쩍 들어 강의실 유리창 향해 던지니 그 책상 창 깬 뒤에 건물 반 바퀴 돌아 복도 창까지 박살 내고 들어와 나뒹굴더라 그때 한 번 본 적 없는 오색구름 복도에 펼쳐지고 이 내가 처음 건물로 등장하여 다리 하나 기울어진 의자에 궁둥 비스듬히 걸쳐 앉으니 내 나라에 들어선 듯 웃음 동시에 울음 끊이지 않더라

이 내가 나는 정말 좋아

못질하기 좋은 해안가

숲 없고 민박 없고 도로도 없다. 나는 그저 못질하기 위해 태어난 망치다. 어디 절실함이라도 만들어내기 위해 이 순간 태어난 나는 망치다. 나는 처음으로부터 멀어진다. 사방에 깔린 것이 모래니 내려칠수록

손에 힘이 들어간다. 그런 나를 기록하는 네가 있어 오늘 해안가로 충분하다. 밀려오는 파도 있으니 밀려가는 파도 있을 것이고 나는 당연한 것만 말하고 싶고 당연한 것이라도 말하고 싶다 제발. 이 순간 나는 너밖에 몰라. 너를 사랑한다. 상투적인가? 질문의 답은

눈 내린다. 네 몫이다. 나는 허공에서 시작하여 바닥에서 끝장나고 싶다. 이것은 눈에 관한 이야기 아니고 지금 이 순간 성실하게 망치 내려치는 나에 관한 이야기도 아니고 너의 기록 따라 나는

자세 고친다. 무릎 비껴 치고 오른쪽 두 걸음 옮겨 어깨 내리치는 망치. 계속하여 파도 밀려온다. 목적 없어 죽어도 끝이 없고 끝장내도 죽음이 오지 않는다.

2부

0347

전시장으로 사용한 집 벗어나며 우리 말 없었고 깨진 타일, 곰팡이, 뜯어진 벽지, 뭐 감상 나누려면 못 나눌 것도 아니었는데

지나간 일이다
불란서 주택에서 시작된 목소리
잠든 나를 깨운다
기어코 이곳까지 따라붙어 이 시만큼은 쓰는 내내 두려웠다고 시에 시 끌어다 쓰지 않겠다는 다짐 따위 지금은

무너져도 된다고 생각하지 않은 것도 아니었는데 뽀글 머리 인형, 자꾸만 내 종이 위에 대자로 드러눕길 시도하는 저 인형으로부터 달아나기 위해 사방 밝혀야 했고 어둠은 벽지처럼 벽을 감추고 있다는 오해를 종종 받기도 하였으므로

쥐의 사체; 머리카락 다발 묶음; 알츠하이머에 걸린 연필은 지금도 똑같은 이름 매번 다른 글씨체로 벽 위에 겹겹이 새겨놓고 있어 내 집 안의 빛이란 빛

다 불러내다가도 화장실 문 열면 변기 함락되어 있고 배냇머리 흔들리는 얼굴 하나 닫힌 변기 뚜껑 위에 떠올라 나를 바라보는데 아 사방 밝힌 나를 원망하다가 또 후회

하지는 않았으나 네게 전화를 걸 수밖에 없다 나는 저주를 앓고 있다고, 너에게도 찾아왔니 너도 너의 화장실 타일 위를 맨발로 걷는 그러니까 목소리가 따라왔니 이 시가 평소와 다름없는 바구니였다면 이런 문장은 담아둘 것도 아니었고 애초에 수확할 것도 아니었으나

지금 이 시는 바구니가 아니고 바구니 들고 24시 상점 밝힌 간판 찾아 헤매는 새벽 거리가 아닌가 그러니까 이 시는 바구니 들고 가는 하나의 세계가 아닌가 이런 문장은 예기치 못하였으므로 바구니에 슬쩍 밀어 넣어보기도 했지만

순서가 틀렸다 손거울 입에 물고 식칼 마주하기가 힘더 들고 주택의 마지막을 예상할 수 없지만 생닭 두 마리

와 얼어붙은 검지 한 마디를 머리맡에 올려놓고 빌어볼 순 있겠지, 저 목소리 좀 어찌해달라고 이 시에게 부탁하면서

이것조차 시가 못 해준다면 어떡하나 나보고 이 목소리 어떡하라고요? 살려줘요 내가 이렇게 빌게요 당신이 떠돌지 않기를 바라며 당신의 떠돎을 흉내 냈어요 다시는 그러지 않을게요

미꾸라지는 얼어붙었다 녹길 반복하고 누운 내 몸 테두리 따라 천천히 미끄러지며 매트리스 위에 내 자리 표시하는데 0347; 나는 숫자 하나 바뀌지 않은 시계를

벗어날 수 있을 거라 생각해?

뻐꾸기 들어갈 수 없는 제목

무엇 위해 그렇게 성실하게 울고 있나요.

밧줄이라고 읽을래. 꽉 찬 빈 새장이라고 부를래. 도르륵 열리는 지퍼 소리가 좋아.
새벽 세 시는 거짓말 떠올리기 좋은 시간.

어두운 공터 창밖에서 펼쳐질 동안
나는 뻐꾸기의 이름을 상상하고 있었다.
의자 위에 서서 모르는 울음소리 매일매일 연습했다.
외쳤다. 질렀다.

어쩜 중요한 건 거리감.
화자와 청자 사이에 공유되는 이야기는 얼마나 뒤틀릴 수 있겠나. 서로가 암묵적으로 용인하는 범위 내에서 뻐꾸기는 이곳으로부터 몇 번째 구름까지 날아갈 수 있겠나.
옆방 아저씨는 제발 입 좀 닥치라며 쿵쿵 벽을 내리치고.

뻐꾸기는뻐꾸기닫고뻐꾸기국가로뻐꾸기하는뻐꾹뻐

꾸기. 수컷이 암컷보다 크니 작니 징글징글한 말들
낚아채서 꾹꾹 씹어 삼키는 빼꾸기.

정각은 기울기 좋은 시간.
딛고 선 두 발 잠깐 흔들. 의자와 의자 아닌 것들 흔들. 어디 몸도 못 가누고.

무엇을 위해 그렇게 성실하게 울었던가요?

대롱대롱 매달린 발바닥과
바닥의 거리를 줄자로 재고 있는 빼꾸기. 데굴데굴 의자 아래
트랙 돌듯 굴러가는 알들.
닿을 듯 닿지 않을 듯. 거리감 위해 최선 다하는 발.

입술이 열렸다는 거짓말.
내가 모르는 나의 빼꾸기.

후보 선수와 참여자들

재미가 없구나
함께하지 못한다는 것은 재미가 없어

아무래도 정물화 본뜬 사과는 네가 아니라 내가 되어야만 했다

꾀꼬리는 아름다운 새
매번 기록 벗어나서 날아갔다

화가 친구는 설치미술의 길 접어들었다
작품마다 지퍼 부착하였다

그는 달빛이 흘러내려서 달이 있게 되었다고 믿는 편이었다

작업은 아무에게도 발견되지 않았다
그는 단지 변기에 앉아 매일매일 중얼거렸다

모토; 나는 나와 교환한다

혼잣말; 변기는 둥그니까 자꾸자꾸 앉으면 세상의 모든 변기 만날 수 있을 것이다 그러니까 자꾸자꾸 코딱지를 둥글게 굴려서…

이것은 잠든 나를 대신하여 그가 스스로에 관해 남겨놓은 기록의 일부였다

너는 정물화를 본뜬 사과
아무리 붉혀도 들키지 않는 얼굴

못 찾겠다 꾀꼬리 꾀꼬리
너를 탐내는 목소리 밤마다 들끓었다

창문 흔드는 대나무 그림자
바라보는 것만으로 손톱 밑에 밝은 피 고였다

그것을 화가 친구가 네게 알려주었다

화가 친구는 달이 있어서 달빛이 흘러내린다고 믿는

편이었다

여기까지 기록하고 나는 깜빡 잠들어버렸다

재미가 없어
함께하지 못한다는 것은 재미가 없구나

나는 기록하지 못하였다; 화가 친구는 허공의 갈기 움켜쥐려는 마부였다 어떡하면 그림 속 사과를 좀더 구부릴 수 있을까, 쓸모없는 고민을 몇 날 며칠 지속하였다

때때로 시간이 그를 앞섰다
그는 자신의 뇌를 감쌀 두개골을 매일 밤 새로 그려 넣어야 했다

사과는 천천히 익어갔다

나는 원본보다 인기가 좋았다
나의 등 가둔 액자 모델하우스에서 심심찮게 발견되

었다

마들렌 깨물면서
감히 나를 감상하려 들었나?

아무도 나를 증명할 수 없었다 나는 여전히 잘 팔려나갔다

굴뚝 위
밥때 알리는 목소리

숨바꼭질을 끝낼 방법은 하나라네 너와 나와 화가가 동시에 뒤돌아보는 얼굴 찍힌 사진을 가져올 것

목동의 탄생

심한 안개입니다. 나는 나를 수레에 싣고 갑니다. 논두렁을 걸어요. 나는 수레에 실려 갑니다. 왜 걷습니까. 질문. 안개. 불어나고 푹신해. 짙어집니다. 두 눈 크게 떴어요. 닳는 구름. 킁킁 조기 굽는 냄새. 나는 내게 끌려갑니다. 바퀴 굴려. 어느 편이든 상관없어. 한 사람. 당나귀. 대나무잎. 기니피그. 다가와 내 곁으로. 안개 속 그림자들. 어느 것이 나인지. 다들 고개 끄덕이는지 어쩌는지 보이지 않아. 삼십 다 되도록 구름 쳐왔다. 요 안개처럼 푹신한 것 다루는 자. 동네 제일입니다. 어쩌면 내가 구름. 안개가 울타리라면. 멍청하게도 나는 질문해버리고 말았다. 미안합니다. 푸 푸 푸 부풀어 올라 안개. 캄캄해져. 손. 발견. 보이지 않아서 더 꽉 잡을 수 있어. 잡고 또 잡아. 신기했습니다. 도대체 몇 개의 손이 있었던 것인지? 이왕 이렇게 된 거 논두렁 위에다가 이곳의 이름들 다. 써버려. 몰라. 한국어. 기억나. 불러보겠습니다. 걸어야만 걷는 이유. 만들어.

저수지

라디오가 정지됐으므로 그는 저수지로 갔다. 주위는 캄캄했고 수심은 일정했다. 걸음마다 물푸레나무 솟아났다. 건너편에는 공장이 있고 흰 빵 가득 바구니 든 케이지가 있고 케이지 둘러싸고 흰 빵의 사용법 고민하는 사람들이 있다.

건너편으로 가기 위해 살얼음 밀어낼 때마다 뿌리들 발목을 휘감고, 물고기들 뒤집힌 접시처럼 떠다녔다. 인삼과 도라지를 구분하기는 쉽지 않죠, 디제이의 목소리는 건너편에서 들려온다. 모든 것은 건너편에 있다. 컨베이어 벨트는 밤새 돌아갈 것이다.

몰려드는 먹구름; 4배속 되감기
동시에 32배속 빨리 감기 같은

비행기는 구름을 흩어놓기 위해 만들어졌다.

내가 짜온 이야기는 예상치 못한 방향으로 흐르기 시작한다.

그는 아이들에게 뒤처져버린 오리 튜브였고 어쩌면 소리 없이 열고 닫히는 캐스터네츠였다. 살얼음 건져 올려봐. 미래의 구름은 점점 희미해질 것이고 비행기의 경로는 다양해질 것이다.

그러나

물 밖 뻗어 나온 뿌리와 물속 흔들리는 가지 구분할 수 없는 마음도, 빠빠라빠빠빠 빠삐코 광고 음악 흘러나오는 라디오도

모든 것은 건너편에 있다.

그는 보름달물해파리였다; 살얼음이 만들어낸 오르골 소리 맞춰 돌아가는 물의 모빌

심해 오징어의 촉수는 사냥용이 아니라 수영용이래요. 그는 라디오에서 배운 문장과 함께 저수지를 맴돌고 있다. 살얼음 질질 거느리고 그는 저수지의 저수지를 만들고 있다.

사향노루는 그가 저수지로 떠나오기 전부터 빌딩과

빌딩 사이 첨벙첨벙 뛰어다니고 있었다.

저수지 뚫고 솟아오르는 비행기.

온 도시가 그를 중계하고 있다. 나는 그에 관해 들어본 적 있는 것 같다.

살얼음 낀 목소리;

모든 것은 건너편에 있다.

감상 시절

수리공은 풀린 나사 조여놓고 떠났다. 오전의 흔들림 없던 일이라는 듯 책상 말끔해졌다. 놀이터에 겨울 햇볕이 내려앉는다. 끓는 물처럼 서 있었다. 너를 큰 소리로 불렀다. 끓지 않는 물처럼 서 있었다. 나는 일 초 전 혼자 태어난 입김. 표정들 끌어안는 하나의 표정. 너에게는 이름이 있었나. 나는 너를 외쳤나. 코피가 줄줄 흘러내렸다. 이것 봐, 이곳을 파고 또 파면 우물을 만들 수 있대. 흙 잔뜩 묻은 손바닥 펼치며 네가 말한다. 나는 네가 있던 놀이터를 덮는다. 정글짐이 정글짐을, 모래가 모래를, 한낮이 한낮을 밀어낸다. 수리공은 나사 조이고 있다. 세발자전거 페달이 돌아간다. 길 위로 선인장이 자라난다. 나는 바게트 씹는 아이를 바라본다. 그는 아무래도 등장이 반갑지 않은 눈치다. 책상은 말끔해질 것이다. 나는 무너지고 있다.

빈방은 나의 정원 그네 하니 끝없이 흔들려야만 했어요

나 그러나 너를 시작할 수 없다 너를 떠올리면 망가지는 확신 때문이다

빈방이라 명명한 곳
이곳에는 우거진 양치식물과 무수한 손금과 물로 짠 퀘벡 양탄자 흐르고 있고

나는 내가 지시한 공간이 허물어지는 것을 바라본다

나는 네가 가장 아름답게 흔들릴 수 있는 공간을 가리킨다 보행자도로 밀어두고 표지판 젖혀두고 주행 표지판 쓰러뜨리며

그곳에 너를 배치한다

그러나 너를 시작할 수 없다
너구리 탱자나무 고르끼 히또리…… 다만 네게 어울리는 별명이라도 지어주려던 것뿐이었어

물살은 손깍지 껴 수몰 나무를 필사적으로 붙들기 시작한다
너의 설계도가 지연된다

너 흔들리고 있습니다 네가 흔들리고 있어요

그러나 저기 자세히 보라 너의 추상적인 운동성 너의 해학적인 회전축 너의 초현실주의적 높이
이곳에서는 너 하나를 시작할 수 없다

나 장면을 전환한다

청둥오리를 뒤따른다 청둥오리는 너의 흐름이었고 너의 궤적이었고 너를 난사한 산탄총이었으나

나는 너를 시작할 수 없다

그러나 너는 바람에도 분절되는 풍선 인형의 관절
구부리기 좋은 각도를 가졌다

그것이 너를 부르게 만들고 동시에 형용할 수 없는 이인칭, 결점 없는 네가 떠오르지만

너는 물에 잠긴 솜사탕, 양염 없는 사람
과거와 미래를 포기한 책상
미동 없는 백금 반지

너를 시작할 수 없어서 공중의 모든 발목을 자른다

상상을 헛디디며 너는 시작한다

내게서 멀어지는 풍경과
나를 덮쳐오는 풍경

펜션 말고 펜숀

이 층 발코니서 마주 보이는 사승봉도 인천광역시 옹진군 자월면 있는 섬이라 막 검색 통하여 배운 참이나 이 펜숀

인천 같은 대도시와 가까울 리 없고 광역시쯤 되는 데였다면 굳이 찾지도 않았을 것이며 아무리 둘러봐도 이 펜숀 남해 뱃길 따라 이백 리 아무도 찾지 않는 섬 하나에 위치하는 것 어울리고 그것

사실 아니한가 싶다만 대체로 나의 생각 글렀고 틀려먹었다는 빅데이타 있어 내 아무리 맞은편 섬 향해 짖어댄다 한들 이 층 발코니의 마타 하리, 이 층 발코니의 두족류, 이 층 발코니의 나사 풀린 관절 세 개 형상 정확하게 겹치지 아니하고 도통 짐작할 길 없는

내 정체가 이 펜숀마저 어중간하게 만드는 것 같아 미안할 따름이다 그나마 내가 지금은 바다 생활 중인 두족류 모습에 가까워 마타 하리 떠올릴 필요 없다 말할 수 있겠으나 이제는 나사 풀린 저 일 층 풀장이 어찌 나와 상관이라도 해보겠다는 듯 요동치니 괜히 펜션 아니하고 펜숀이라 칭해버린 내가

풀장 향해 허구한 날 짖어대며 한편으로 꼬랑지 슬쩍

흔들어재끼는 지경이라 사승봉도라 불리는 저 섬 마주한 내가 어디 짖고짖어짖어볼대로짖다끝없고도리어끝이멀어지는판국이라다시짖어짖고짖어대다 그만 내가 내게 질려버려 아무도 찾지 아니할 섬에 위치한 이 펜숀

때려치우고 저 자월면 근처에다 새로 섬이라도 쌓아 올려볼 셈인가 싶다가도 대체로 글렀고 틀려먹었다는 내 유일한 정체 하나가 싸움을 그만두지 아니하게 하는 겨울이었다,

같은 깔끔한 결말로 마음 기울다가도 결국에 짖음이 나를 멎질 아니하고 있다고 내가 내게 짖어보는 수밖에 없어 겨우 어찌 유지하는 펜숀이다

말할수록 빵빵해지는 풍선

아아 즐거워 귀는 말을 조금 더 즐기기 위해 만들어낸 기호품. 풍선 밖에서 잠들고 풍선 속에서 깨어났어요. 팔 떼어다 새에게 물려줄 수 있고 아무것도 의심하지 않을 수 있어요, 이곳이라면… 낙타 플라스틱 왜가리 호치키스… 중얼거리면 내가 사랑하는 음식들 눈앞에 나타났어요. 아아 뜨겁고 달콤한 냄새

부풀어 올랐어요. 손목과 발목이 몸을 버렸어요.

오징어가 구름을 흔들고 있다. 나는 방금 본 것 말할 수 있어요. 유영과 유영 그리고

유영. 한 단어를 이만 갈래 빛으로 쪼갤 수 있고 입 모양 끝도 없이 떠올릴 수 있어요. 이를테면 고양이의 동공, 반으로 쪼개진 얼굴, 고리를 도둑맞은 토성

그런데 덜컥 당신이 태어났어요.

풍선 밖에서 잠들고 풍선 속에서 깨어났어요. 만다라, 태양계, 지글지글 장작, 불씨, 티끌… 중얼거릴 때면 당신이 내 눈 바라보며 까르르 웃어요. 내 입 가리키며 자지러져요.

말을 줄였어요 줄이고… 줄이다가.

나는 몸을 잃은 구름. 바람이 알려주는 대로 나부꼈어요. 대답만 배웠어요.

네, 글쎄, 아닙니다.

(그동안 흘려보냈던 말들 한꺼번에 밀려와요 바람 타고 회오리쳐요)

글쎄, 네, 아닙니다.

(벽에 부딪혀 돌아와요 회오리 점점 불어나요)

온몸에서 풍기는 따뜻한 침냄새… 누군가 이 아름다운 세계를 끝장내려나 봐요. 당신께 물었어요. 어쩌려고요? 어쩌려고요. 당신이 내 말 따라 하며 어쩌려고요. 까르르 웃어요. 바닥에서 자지러져요. 나를 바라보는 당신을 내가 바라보면서 웃고 웃다가 먼 곳에서… 아니요 아니, 가까운 곳에서. 바람 빠지듯 말 빠지는 소리 어디 숨숨숨…

단막극

별나라 꿈나라 달나라 구름은 나의 산책로, 나의 지팡이 얼굴의 오 분의 사가 녹아내린 달. 비켜요 자전거는 일인용이에요, 손이 떠오르고 펼쳐지고 날아오르고 차례대로 박살 나는

알전구. 심취한 마술사는 관객들이 집으로 돌아간 것도 모르죠.

그는 고독한 인물인가요.

눈꺼풀 극장의 슬라이드 쇼; 먼지가 어둠이 조리개가 목성이 운석이 진흙이 하느님이 하느님과 카센터가 정비사가 치정과 작별과 애증이… 빈손으로 극장 나섭니다. 한낮입니다. 툭 건드리면 흘러내릴 것 같은 어깨들. 팝콘처럼 튀어 오르려는 어금니. 견디는 얼굴들 하얗게 질려가고요. 별 한 개 반짜리 영화였어. 나는 평점도 남기지 않을 거야. 읊조리면서 헤어지는 두 사람이

그러나

아무래도 영화는 이곳에서 시작되는 것 같습니다. 현관 열고 들어서면서 초파리 떼 휘휘 내저으면서 오늘 하

루 돌이켜보면서 방충망 너머로 흘러가는 담배 연기 바라보면서 당신은 소박한 아침 식사를 떠올립니다. 이를테면 두유와 계란프라이와 돌아가는 페달과 출근길과 페달과 페달과 페달을 페달은 페달과 페달을

나는 횡단보도에 서 있죠 발목 감싸는 로즈메리. 뛰어다니는 토끼들. 빨강 보라 초록 초록 노랑 파랑 페달 돌아갑니다. 점멸등으로부터 헤어 나오기 쉽지 않고 어쩌면 라벤나 산비탈레 성당입니다. 이곳의 모자이크 장식은 말로 표현할 수 없을 정도로 우아하다고 들었죠 글쎄 좋습니다. 저는 죄를 지었습니다 그것을 기록하기 위해 고백할 뿐입니다. 나의 죄는

그러나 한번 시작된 영화는 멈출 수 없습니다. 슬픔이 없는 십오 초처럼 생략 가능한 십오 초입니다.* 무한한 사방 떠올릴수록 어설퍼지는 자유입니다. 달나라 꿈나라 별나라 그러니까 나는 딛고 설 곳을

발밑으로 하루의 전개도가 펼쳐집니다. 나는 포르말린

연못 뛰어다니는 소금쟁이 같습니다. #2 #3 #4… 영원히 지속되는 해시태그입니다. 새벽이 오전이 밤이 오후가 나는 단지 내게 혐의가 있죠. 생략과 압축을 선택과 이를테면 발목에서 가지 치는 얼굴 둘 하나 셋을. 그들이 그리는 원과 강강술래 강강술래 노래하는 입을

기록하는 순간 탄생하는 죄를. 나는 횡단보도에 서 있었다. 저는 이 문장과 무관한 사람입니다. 차라리 돌담 아래를 축사를 해변을 빌딩 숲을… 꿈나라 달나라를 CUT

* 심보선, 『슬픔이 없는 십오 초』, 문학과지성사, 2008.

이 내가 나는 정말 좋아

Selfie

주인 없는 요람이랄까. 내가 거주하고 있으므로 발견될 수 없는 아지트랄까.
이곳에서 너는 쉽게 시작되라.

휴대폰을 깨우려는 지문처럼.
거미줄을 포획하려는 거미줄처럼.

울음소리가 없으면 아이가 없고 아이가 없으면 나무가 없고 나무가 없으면 울음소리도 없다. 너는 숲을 걷지 않으면서 숲을 알아차리게 될 것이다.

하늘을 향해 손을 펼친 사람과 손을 향해 나뭇가지를 펼친 나무 사이에는 새의 길과 고양이 길이 오선지 몇 개에 걸쳐 그려진 음표처럼 나 있다.

그것은 새의 길과 고양이 길이 다르지 않다는 것과 같지만 새의 길과 고양이 길은 다르다는 것과 같고 너는 그곳에서 너의 보폭과 함께 크기 불려온 모빌을 꺼내 볼 수 있다.

네가 허리를 폈을 때 새들의 부리가 낮밤을 꺼뜨리는 스위치처럼 딸깍였다면 허리를 웅크렸을 때는 깊고 깊은 우물 속에서 벽을 핥으며 자라나는 혓바닥을 발견할 수도 있다.

너는 너의 요람에 들어서면서 복숭아가 없고 기린이 없고 헬리콥터가 없다. 없음을 알아차리고 팔뚝에 돋아난 솜털을 쓰다듬으며 목을 쭉 빼고

나는 월계수가 없고 부상병이 없고 나무를 내려찍을 도끼가 없습니다.

사방 향해 혼란스러운 얼굴로 외치곤 했지만

옮겨 적을 종이가 있었기에 나무가 있었고 나무가 있었기에 연필 쥔 손은 움직일 수 있었다. 그리하여 너는 때때로 뿌리의 자리는 허공이 가장 잘 어울린다는 사실을 종이 없이 배우기도 하였다.

너는 네 요람의 인테리어를 고민하곤 했다.

회벽 위로 밑그림 그리면서 욕조를 들일 것인지 말 것인지 조명은 흰 것이 좋겠는지 붉은 것이 좋겠는지… 같은 잡생각들 위로 시멘트를 칠하고 또 칠하면서

어떤 액자를 걸어둬야 두꺼워진 회벽을 가릴 수 있을지 생각에 잠기기도 했다.

그러나 산양의 뿔이 그려진 벽 앞에 서서 아무리 그것을 들여다보더라도 벽화가 삐뚤삐뚤한 선들로 이루어질 수밖에 없다는 것은 저것을 그려내기 위해 태워버린 나무가 문제였을까 울퉁불퉁한 동굴 벽면이 문제였던 것일까 혹은 애초에 산양의 뿔 자체가 삐뚤삐뚤한 것이 아니었을까 그것도 아니라면 애초에 산양을 바라보는 네가?

…같은

생각은 마치 공기를 반죽하는 손짓처럼 쓸모없이 정성스럽게 이루어졌다.

그것은 너의 생각을 방해할 이유를 찾지 못한 사람들의 머릿속에서 너의 생각이 남겨질 수 있는 이유가 되었다.

(이런 것들은 네 아지트를 두드리는 초인종 소리 한 번에 가루가 된 유리처럼 흩어져버리는 것이었다)

마부가 향하는 언덕 너머에서 너는 너를 상상하는 마부의 머릿속을 헤집고 뒤집으면서 바다를 펼쳐놓고 왼쪽으로 핸들을 감고 또 감는 조타수를 배 위에 띄워놓으면서 배 앞으로 늘어서는 빙벽들 암초들 그리고 물개와 불어나는 구름구름

(그러나 초인종 소리는 이처럼 오래전에 흩어졌던 생각을 반죽처럼 빚어놓기도 하였다)

너는 종이 위에 투명한 선으로 짠 문을 남겨놓고 말았다.
아지트는 너만의 것이었으므로.

너는 침대에 누워 네 눈동자 속으로 둥근 달을 훔쳐와 가둬두는 방법을 연습하고 또 연구했으나 문을 열고 아지트로 들이닥친 감식반이 너의 얼굴 뒤덮은 흰 곰팡이

포자를 털어내면서 너는 네가 달을 바라보고 있던 것이 아니라 달이 너를 어쩌면 달을 상상하는 너를 달이 그려낸 것이라는 사실을 알아차리게 될지도 모른다.

공중의 자리 이전에 새의 자리가 있었고 새의 자리 이전에 횃대의 자리가 있었으니 새는 날면서 공중을 모르게 될 것이고 고양이 이전의 살금살금이 울려 퍼지는 횃대로부터 너는 새의 길과 고양이 길이 언제부터 시작된 것인지 모르게 될 것이다.

다져진 회벽은 얼음처럼 미끄럽고 이곳은 어떤 생각이든 흘러내리기 쉬운 너의 아지트였으니 벽 위로 자라나는 순록의 뿔은 사방으로 삐뚤삐뚤 뻗어나며 나무보다 먼저 공중 점령한 잎사귀 향해 찔러나가는 나뭇가지 같을 것이다.

오드아이 신드롬

숲속이었네 일인용 숲이었어, 잎사귀 덮고 누운 요정들, 구름 베고 잠든 흰 새들, 푸르고 붉은 열매들 공중에 정지된 숲이었네, 숲이었어, 끊임없이 중얼거려야 해. 직전의 풍경 떠올려야 해, 바깥의 집중력 끌어와서… 자꾸만 내게로 기우는 공중, 굴러와 눈앞 폭발하는 요정들, 끊임없이 다이빙하는 저 흰 새들… 아아 무력한 숲이라네, 이렇게 중얼거릴 수밖에 없나, 풀리는 무릎. 감기는 눈, 깊은 잠 빠져들 수밖에 없나, 꿈속 나무처럼 곤히 잠든 나, 당신과 나 백 년 전의 돌과 백 년 일 초 전 돌처럼 아득해, 닫힌 눈꺼풀 틈새 빠져나온 눈부신 토성의 고리, 팽팽하게 돌아가는 도롱뇽알, 폭설 휘몰아치는 창밖… 나 다가가네, 다가가고 있어, 멱살 움켜쥐어야 해, 저 사람 일으켜 세워야 해, 혀는 나의 유일한 증인, 엉성한 포옹. 일제히 정지하는 눈발… 비탈 모르는 새처럼 나 내게서 미끄러질 수는 없나, 한 바퀴… 한 바퀴 더 팽팽하게… 전속력으로… 둥글게 몸 만 태아가 쥔 유리구슬 하나만큼, 저기 요정들 노래하는 숲이 지척인데… 나는 나의 마지막 목격자, 닫히지않는눈꺼풀

뱀사골

네게 불려 왔다. 야간 등산 중이었는데, 내 호주머니 네가 취하였다. 주위에 억새 가득했다. 지포 라이터에 각인된 뱀

네게 뺏겼다. 나의 등불이었는데, 정상은 한참 남았다. 나는 의자에 묶여 있었다. 내게서 한 발짝 물러서야 했다. 눈 쌓인 내 등 보였다. 자백하라. 이 산에서

들었던 것 자백하라. 단풍 흐드러졌다. 말라붙은 입술이 말라가는 입술 재촉했다. 나는 처음입니다. 막 입산했습니다. 자백하라. 간밤 이곳에서

들은 것 고하라. 이곳 밤 나도 처음입니다. 네가 나를 탈탈 털었다. 충혈된 눈 떠다녔다. 자백하라. 털면

털어낼 것이 생겨날 것이다. 억새 빽빽했다. 들은 것 고하라. 목소리 점점 깊어졌다. 아무것도 들은 것이 없습니다. 지금 듣는 것을 자백하라. 다리가 떨려왔다. 자백하라. 나는 다리 떨어댔다. 캄캄했다. 알겠습니다. 내가 모르는 것

내게 물어보겠습니다. 당신께 설득당하겠습니다. 협조하겠다. 그러니까 자백하라. 좋아요. 내가 내게 묻겠습니다. 휴대폰 터지지 않았다. 억새가

무한했다. 내게 자백 받아내겠습니다. 자백하라. 너는 담배 꺼내 물고 불붙였다. 자백하세요. 정상이 불타고 있다. 자백하라. 네가 내 어깨 흔들며

재차 말했다. 나는 모르는 내가 말한다. 내가 달고 있던 건 개미 떼로 짠 귀였습니다. 귀를 견딜 수가 없다. 자백하라 너는

자백하라. 말하는 너를 내가 말한다. 자백하라. 너와 함부로 산책하였다. 나는 잘 모르겠습니다. 무엇이든 자백하겠습니다. 자백하겠어요.

타오르는 억새 냄새. 네가 얼굴 들이민다. 나는 말한다. 충혈된 눈이 아직 충혈되지 않은 눈을 말한다. 말하겠어요. 쉽게

시작하라. 나를 태우면서. 아무것도 태우지 못하면서 저 연기 애꿎다. 나는 영문 모르고, 엉엉 눈물 훔치다가 엉엉하는 자세만 남아서 자백하라 나는.

렌티큘러

질문 있었으나 강의는 계속될 것이다. 차렷 자세 가르치는 목소리, 쥔 손안 부풀어 오르는

병아리. 마이크 통해 울려 퍼지는 목소리는 구운 벽돌처럼 포근하고. 차갑다 악어 송곳니처럼

나는 고작 악마의 얼굴 덮을 수 있는 담요였다. 등을 허락한 짐승들에게; 나는 등대였다 네게 줄 손 없어 오늘도

공중만 바라본다 망원경 통해 본 울타리 너머 아름다웠죠. 가축과 함께 주저앉은 사람이 벌판에서 양의 털 빗고 있었고 그들의 어깨 너머로 부드럽게 가라앉는 석양이 그러나.

강사는 뒤꿈치로 벽 톡톡 치며 숨 고른다.

그것은 망원경의 일이니.

의자는 일 미터 간격으로 띄워져 있고 나 뒷걸음질 같은 건 몰라. 다만 품 안으로 달려드는 캥거루 어찌할 수 없었다. 몰라 뒷걸음질 같은 거. 내 오른쪽에는 끊임없이 중얼거리는 사람

으깨진 풀냄새. 조명 옮겨 갈 때마다 얼굴 차례대로 환해지는데 그것을 단지 눈빛의 체위 변형이라 읽는 사람과

아름다운 눈 맞춤. 노트에 받아 적는 사람. 그런데요

악마 모른 척했다고 내가 칭찬 들어야 하나요. 강사는 나의 질문 되풀이하며 서 있다. 펼쳐진 블라인드 너머

풍겨 오는 상한 버섯 냄새, 바람, 겨우 시작하는 창문, 우리는 강의 들으러 온 것 아니다. 각자 담요로 얼굴 꽁꽁 싸매고, 바람 소리

점점 힘 빠진다. 낡은 비명 같아. 와르르 바닥 위 엎질러진 비둘기들. 이 타이밍에 자신 왜 등장한 것인지

알 수 없는 얼굴인데. 이리저리 파도타기; 휘날리던 양팔 하나씩 쓰러진다. 겨드랑이, 풍겨 오는 풀냄새, 우리를 빗는 손이 있어

내게로만 쏟아지는 조명. 악마 모른 척했다고 내가 칭찬 들어야 하나요?

립싱크 하이웨이

정체 모를, 립싱크 하이웨이와 비슷한

그러니까 영상, 흰 유령 전속력으로 달리던

그러니까 가드레일 옆면에 뿔 갈며 달려가던 마콘다라 불리는 영물을, 은빛 드릴을

그러니까 사라져버린 소진돼버린 어쩜 프랑켄슈타인의 관자놀이에 나사 박아놓을 생각을

그러니까 지나가버린 분명함으로부터 불분명함을, 나의 화를 돋우는, 저 대추나무 깎아 만든 도마 위로 탕탕 내려치는 식칼의 리듬이

그러니까 화양시장에서 구매한 민어든 조기든 멜론이든 종 구분 없이 홉뜬 눈알 속에 무릎 박아 넣고 웅크린 채 프리징 된 파리 한 마리의 자세가

그러니까 벗어날 수 있을 거라 생각해? 새벽 세 시 삼

십칠 분에 갇힌 내가 17,832헤르츠 목소리 떠나지 못해 대충 잡도리 친 생선 살이나 발라 먹는 내가

아 그러니까 백반집 구석에서 죽은 이를 구실 삼아 입구까지 축 늘어진 손톱을 가위로 썰어내는 내가 립싱크 하이웨이라 불리는 일종의 과거 아닌 과거를 반복하는 내가

그러니까 탁탁 튀어 오르는 손톱이 보여주는 화산 초입에서, 없는 화산 만들어서라도, 정상석 위에 헬리콥터 떴다. 저 헬리콥터, 프로펠러 내팽개치고 하이웨이로 도망한다고 외치는 내가

그러니까 바람; 응집과 해산; 뭐 중간에 껴서 이도 저도 못 하다 눈 코 입 반쪽을 짐승에게 뜯겨버린 내가, 지퍼 올리고 내릴 때마다 딱딱하게 굳는 날숨을 톱으로 썰어대는 내가, 방공호를 골몰하려 드는 내가, 내 뒤통수 탁탁 내려치는 내가

아 그러니까 나와 전혀 관계 아니하는 구름이 어찌 나와 상관해보겠다는 듯 꿈틀대는 저 하늘을, 빌딩, 혜화, 신촌 거쳐 어데 립싱크 하이웨이를, 미치지 아니하고야 어디 한번 미쳐볼 생각에 매초 미쳐 있는 이 나를. 립싱크 하이웨이는 사진으로 남겨 자신의 곁에 두기에 이르렀다;

Lip synchronization Highway(1992)

3부

너의 이름 처음 잘못 불러준

용석은 붉은 컨버스 네 발에 신겨주며 무어라 중얼거리나 눈 나리고 또 나리고 계속 나리고 세월 흘러 눈 내린다고 중얼거리다 강강술래 끝나고 자리 잃어 추방당하는 내가 아깝지 않은 이 눈이

여기까지 기록하니

하얀 매장; 흔들리는 알; 사방 용석이 까놓은

사카린 프로젝트

안개 낀 종묘 민지선과 걷는다. 안개 벗어나기 위해 걷는다. 최백호 들으며 걷기 좋은 날이다. 곁에 있던 강혜경에게는 좋지 않은 날 될 수도 있겠다. 나는 추민희와 걷고 있다 안개 속. 모든 것 흐릿해 보이고 흐릿해질수록 기분 좋다. 비석은 무덤 아래서 뻗은 손입니다. 임한나의 말 한 구절 빌려 읊어보아도 기분 여전히 좋다. 함께 걷는 신혜율의 기분 좋지 않을 수도 있겠다. 어찌 되었든 나 종로 좋다. 한문 새겨진 비석 길 따라 늘어난다. 널린 것이 쥘 수 있는 손인데 함께 들어갈 집도 돌아갈 집도 없다. 이곳은 공동묘지 같아. 장숙희의 어깨에 묻은 깃털 떼주며 나는 말한다. 떨어지는 깃털 하나 깃털 둘… 묘지를 묘지라고 말하는 것은 흥미를 반감시킬 수 있어. 함께 걷는 기수철 배운 대로 가르친다 나를. 나는 지혜연에게 배운 대로 이곳을 고친다. 걷고 있다 우리는 타이베이 뒷골목. 이곳은 구름을 간판으로 읽어도 좋고 간판을 깃털로 읽어도 좋다. 종로구 전체 감싼 안개다. 김승경은 종로의 광둥어 학원으로 들어가고 나는 타이베이의 빨랫줄 아래 지나고 있다. 온 세계 옷이란 옷 다 걸렸다. 종로 좋아. 나는 종로 벗어날 수 없다. 나는 타이베이 뒷골목에서 말한다. 기현숙의 입에서 깃털 젖은 냄새 난다. 나는 타이베이 걷는다. 눈 내리는 종로 비 한창인 타이베이. 수박 토마토 파인애플 팔던 종로 노점상 문 닫는다. 타이베이 야시장 개장한다. 현필영은 종로에서 광둥어를 연습하고 나는 타이베이의 노랑 파랑 빨강 간판 아래 지나 야시장 간다. 거기 코트 입고 숨어드는 자여 골목의 안개 골몰하는 자여, 너를 사랑한다 나는 너를 사랑해. 부를 때마다 쾅쾅 정수리 박고 이름들 추락하는 비석. 타이베이 야시장 문 닫았다. 이곳은 아무래도 공동묘지 같아. 안개 속에서 나는 배운 대로 타이베이 연습한다. 남현선은 종로의 허름한 숙소 헤매고 나는 타이베이 탑골공원 헤맨다. *둘 이상 같은 칸으로 들어갈 시에는 풍기문란죄로 무조건 신고합니다*. 들어선 화장실마다 립글로즈 칠하는 거울 늘어섰다.

현기증

버티고 씨를 위한 톱니바퀴 삼인방의 자기변호Self-defense of Gearwheel Trio for Mx. Vertigo:

로터리 따라 오늘도 걷는 나의 동료 앤. 한 바퀴 다 돌았을 때 그의 이름 버티고로 바뀌어 있지. 나의 동료 버티고. 오늘도 로터리를 돌고 있군.

그의 특징; 뱅글뱅글 챙 넓은 중절모, 펄럭이는 코트 자락
잰걸음으로 순식간에 한 바퀴 완성한 버티고.

나의 동료 숙희
이쯤이면 당신을 당신들이라 불러도 되겠지.

한 바퀴 완성될 때마다 한 뼘씩 자라나는 로터리 중앙의 흰 원형 돔.
마치 나사가 휘젓고 떠난 것 같은
귀.

그것이 이 도시의 오른쪽 귀라고 숙희는 내게 알려주었지.

숙희, 미안하지만

오늘은 버티고가 로터리의 주연이었으면 해. 나는 버티고가 필요해.

여전히 무겁군, 도시 귓속으로 숨소리 흘리며 지나치는 저 구름, 그러니까 로터리 상공의 저 구름 떼; 온 골목의 숨소리 훔쳐둔 배낭이었다.

이것은 내가 다음 차례인 앤에게 알려준 것. 바통과 함께 넘겨준 것.

응급실의평화

나의 동료 앤 이석증을 앓는다.

작은 돌 하나가 반고리관을 떠돌며 탄생시킨 어지러움이라지.

부유하는 돌이라…

나는 증상 설명하는 의사의 입 모양을 바라보면서 아무런 흥미도 느끼지 못하는 내가

흥미롭기도 하였다만

얼마나 가벼운 돌이었을까. (조금 엇나간 질문이여) 왜 발 디딜 곳도 없나. (병원 밖으로 다음 질문을 날려 보내라)

앤을 부축하며 병원 나섰지. 무겁군, 앤. 알코올에 흠뻑 젖은 솜 같아.

내 팔 뿌리치고
비틀비틀 로터리로 떠나는 앤

나는 납작 엎드렸어, 한 바퀴 위해.
오른쪽 귀 아스팔트에 갖다 대면 중얼중얼중얼중얼도시 귓속에서 들려오는 버티고 혼잣말.
그것은 시계 방향으로 회전하며 말랑말랑한 허공 딛으려는 얼룩말 앞발굽 같고
탁자 위 흩어진 숨소리를 겨냥하는 목수의 대패질 같아.

내 눈동자 위에서만 돌아가는 로터리. 뱅글뱅글. 내가

만든 일종의 디스코 팡팡. 귓속에서 버티고가 훌라후프를 돌리나 봐.

숙희의 통통한 발목, 로터리 따라 걷는 당신 노려보다가, 그러니까 나는 까맣게 때가 탄 앤의 복사뼈로 걸음 옮기는 당신 노려보면서, 당신 옆구리, 어깨, 목주름. 차츰차츰 당신 얼굴 향해 가다가

버티고

당신을 쫓아 다다른 곳에서 당신만을 놓치는 내가.

바통 터치

내 차례였어. 한낮의 로터리 따라 걸었지. 서서히 안쪽으로 기우는 몸, 팔꿈치 툭 치고 달아나는 사이드미러들. 버티고. 나는 당신을 잊으려고 걸어, 당신이 필요하니까. 나는 우물 속을 궁금해하는 상반신 같아. 점점 로터리 중앙으로 가까워지는 걸음. 커지는 클랙슨 소리. 08번 마을버스. 택시들. 킥보드. 나를 좇는 눈동자들. 창문 너머에서, 건널목에서, 나를 내쫓는, 저, 눈동자들.

이곳도 발 디딜 곳 찾긴 글렀군. 당신도 그렇지 앤. 바통 넘겨주며

올려다본 하늘. 축 늘어진
구름
그러니까
저 흘러가는 구름
바통; 묶어놓는 것이 아니었다네. 훨훨 풀어놓는 것. 그것이 우리가 주고받는 서로의 형벌이었지.

호른자체가하나의음을위한주법에불과하다면
만석의 공연장, 호른 소리
오늘도 구부러진 빠이프 속을 통과 중인 버티고.

앤. 버티고는 당신이 빠이프에 불어넣은 숨이었나. 중얼중얼 호른 소리 차분하게 감상 중인 관객들과 나의 틈을
점점
벌려놓는 내 혼잣말

들썩이는 엉덩이, 감탄을 연발했어 나는 버티고, 반쯤 일어서서 아름다운 호른 소리로 바뀐 당신이 공연장 이곳저곳 떠다니는 모습 쫓아 천장을 두리번거렸지.

숙희였나
허공의 일부를 잠시 얼렸다 사라지는 저 희미한 것이

되뇌던 생각이 입 밖으로 자꾸만 탈출했어. 주변에서 볼멘소리 터져 나왔지.

몰랐어요, 미안합니다. 참을 수 없는 들뜸이었어요. 어떻게 견뎠나요 당신들.
저 호른 소리

나는 외쳤어. 이리저리 공연장 미끄러지는 버티고를 가리키고 또 가리키며. 그러나 나의 오래된 학습 능력이 내게 속삭여왔지. 차분하게 호른을 감상하는 그들보다 주절주절 행패 부리는 내가 교양 없는 관객에 더 잘 어울린다는 걸.

나는 축 늘어졌어.
질질 무릎 끌렸지. 가드에게 양어깨 내준 채 끌려 나가는 수밖에

닫히는 문 틈새로 나를 내치는 저 눈동자들
나는 보았지.

호른 바깥으로 막 내팽개쳐지는 두번째 버티고. 네번째 버티고. 공중을 떠다니면서 나의 동료 버티고. 마치 생일 축하 폭죽이 쏘아 올린 형형색색의 끈 같은. 열두번째 버티고. 발 디딜 곳 찾아 관객들 정수리 위를 헤매는 버티고, 나의 동료.

어린이대공원탈출기

숙희와 함께 평일 한낮의 어린이대공원을 거닐다 알아차렸지. 내 오른쪽 귓속에서 무슨 일이 벌어지고 있다는 걸.

귓속 파낸 새끼손가락 끝
뱅글뱅글 돌아가는 중절모와
쓰러진 나를 보며 외치는 숙희
그러니까 일종의 빵빵 클랙슨 소리와
사방 막도장으로 찍어 낸 태양들

쓰러진 나. 귓속에서 시작하는 숨소리. 버티고, 나의 동료. 나의 헐떡임,
비명이라도 지르려는데

호른 소리
그러니까
내가 뜬금없는 호른이라니
회전하는 저 태양들. 그러니까 일종의 영원한 디스코
팡팡
오늘도 한 바퀴 위해 숙희
느긋한 걸음으로 로터리를 돌고
태양으로부터 졸음 물려받은 모빌
자꾸만 내 귓속으로 줄줄 흘려 넣는
내 것 아닌 나의 잠
다물러나라나만남고모두다나를떠나라
이 차가운 흙바닥
오른쪽 귀 놓지 않는
꾸벅꾸벅
깊은 곳
버티고, 내 귓속의 연필깎이

목동의 탄생

세잔은 양을 모르는 목동이었다.

눈 덮인 코란도 보닛 위에다 세잔을 기록하며 그것을 알게 되었다.

푹푹 눈 나렸다.

세잔 기록할 때마다 벼룩 나무 몸속에서 자라났다.

요것이 자네의 척추가 될 것입니다.

엑스레이 사진 위 흰 나무.

의사는 손톱으로 긁으며 말했다.

나는 세잔을 사랑하는 것 같다. 눈 나리지 아니하였다.

세잔이 나를 기록하고 있다는 소문이 들려오기도 했다.

간지러운 귀 참을 수 없었다.

세잔.

나는 네게로 가고 있다.

비 나리지 아니했다.

하늘을 여러 번 바꿔 써보아도 걸을 때마다 푹푹 잠기는 발목은 내가 어찌할 수 있는 것 아니었다.

세잔은 양에게서 가장 멀어.

내가 그를 사랑할 수 있는 이유였다.

기록만이 사랑을 만들어낼 것이다.

떨어지는 눈송이를 새로운 세잔의 탄생이라 불러도 좋다.

양의 등 쓰다듬는
손 앞에서 주춤거린 적 있다면.

연필 깎는 사람

네가 돌아가고 있으므로, 나는 지금 막 일어나는 다섯 번째 물결

로켓 구슬 쥐불놀이
로켓 구슬 쥐불놀이

돌림노래 부르기 위해 장소 필요했다. 물이끼 냄새, 젖은 장작 힘겹게 타오르는

나는 강가에 앉아 있다
그러나 수영장 삼 번 레인 위에서 튜브 혼자 회전하고 있으므로, 나는 지나가버린 열차 기다리는 마음

로켓 구슬 쥐불놀이
로켓 구슬 쥐불놀이

너는 수챗구멍. 살아 있고, 호흡한다, 먹고, 말한다 그렇다면…
나는 막 태어난 도롱뇽알 두 줄

흐른다흘러열차흘러

…

흘러나태우고갔답니다

그렇다면 나는 무엇이든 쥐어보겠다는 마음 (물비린내, 튜브, 열차 들어오는 플랫폼, 도롱뇽 꼬리)

…나는 조약돌 붙잡아보려는 물살의 구체적인 손짓

로켓 구슬 쥐불놀이

로켓 구슬 쥐불놀이

너는 내 손 꽉 쥔 채… 그러니까 해 질 녘 어느 골목 담벼락에 기대 맞은편 담벼락 솟아난 깨진 유리 너머로 저무는 태양 한없이 바라본다고, 네 양 뺨 위로 스스스 소름 돋아났고 아름다운 풍경이구나 우리 중 누군가 중얼거렸다고,

끝내버릴 수도 있겠지.

그러나

여전히 네가 돌고 있으므로, 나는 막 태어난 아홉번째 물결

검고 큰 개 한 마리 내 동생 뒷덜미를 물고 달아난다. 주저앉아 개의 흔들리는 꼬리 하염없이
여기까지,
나는 지금 막 태어나는 열두번째 물결

호수 바닥. 촘촘히 들어선 격자무늬 타일. 희미하게 풍겨오는 락스 냄새. 수챗구멍. 물회오리. 물살 따라 이리저리 뒤집히는 떡붕어. 흰 배꼽

로켓 구슬 쥐불놀이
로켓 구슬 쥐불놀이

아아 마이크 테스트 마이크 테스트 네가 돈다, 나는 지금 막 일어나는 열번째 물결

팔다리와 머리통 솟아난 구름 어딘가로 끌려가는 영화였지. 반복적인 구름의 일상… 스크린 밖으로 끌려가는 구름 좇느라 꺾이는 목이 한 바퀴, 목 두 바퀴… 극장 나섰을 때 폭우 쏟아지고 우산 언제나 내 몸보다 작으니 빗방울 자리로 피어오르는 눈송이 바라보며

로켓 구슬 쥐불놀이
로켓 구슬 쥐불놀이

네가 허공으로 쏘아진 로켓이라면 나는 탁자 위 돌아가는 구슬, 네가 탁자 위 구슬이라면 나는 공중에 불꽃 원 그리는 깡통

로켓 구슬 쥐불놀이
로켓 구슬 쥐불놀이

내가 돌고 있으니 너는 지금 막 태어나는 첫번째 물살. 그렇다면
…나는 너의 가장 먼 제자리

가설과 후보 선수

후안 마르케스 졸라 그는 대단했지 마치 무지개 위로 펼쳐놓은 사다리를 천천히 오르는 사람의 눈동자 같았다고나 할까. 너와 내가 다른 해석을 내놓기도 하였지만 그 중 틀린 것을 찾기란.

나의 친구 숙희는 그날을 종종 회상하곤 하였다.

후안 마르케스 졸라는 아무도 요약할 수 없는 책이었다.
후안 마르케스 졸라는 숙희가 만들어 낸 인물이었다.
후안 마르케스 졸라는 발견될 수 없었다.
[…]
후안 마르케스 졸라
나는 그를 만난 적 있다. 혜화동 세광철물점 앞이었다.

나는 떠내려가는 망토였다. 밀어내는 물살 어찌할 수 없었다. 물고기가 내 배꼽에 물의 집 지은 지 오래다. 돌 감싸 안고 살려줘 살려줘 속삭였다. 물살에게 목소리 다 뺏겼다. 팔다리 멈춘 적 없었다. 다만 미터기는 돌아간다. 다리가 자라난다. 말은 달린다. 내가 가고 싶은 곳만

제외한다면 택시는 어디든지 나를 데려갈 수 있다,

—1992. 8. 17.
Zola.

1992년 8월 17일 후안 마르케스 졸라는 단 한 페이지 사용된 일기장을 남긴 뒤 세상을 떠났다.

숙희와 나는 머리를 맞대고 그의 일기를 어떻게 읽어야 할지 고민하였다.

나는 그의 입장 상상해보았다.
숙희는 나의 말 받아 적었다.

나는 버려진 것 같다. 어찌어찌 친한 친구도 사귀었다. 내가 없어도 잘 돌아갔다. 사랑하는 사람들에게 매일 밤 전화 걸었다. 잘 지내니 혼자 묻고. 잘 지내니, 혼자 답하지는 아니했다. 시간 흐른다. 세상이 점점

거기까지.

성실하게 기록하던 숙희는 페이지를 찢어내 변기에 버렸다.

후안 마르케스 졸라. 숙희는 나를 그렇게 부른다. 나는 숙희의 목소리 빌려

후안 마르케스 졸라.

너를 부른다.

이곳에 너의 안락의자가 있다. 내 앞에 너를 앉혀놓고 속삭였다.

이것은 숙희의 일기장 278페이지 두번째 문단 첫 줄이다. 276, 274… 책장을 반대로 넘기는 동안 일본인은 현관문을 닫고 중국인은 문고리를 감싸 쥔다.

숙희여.

네가 너를 받아쓴 책의 모든 페이지는 희다.

너를 넘기면서 내 손가락은 녹아버릴 것 같다.

후안 마르케스 졸라.

그는 숙희의 책을 발견하고 말 것이다.

나는 그와 머리를 맞대고 숙희를 어떻게 읽어내야 할지 고민하였다.

후안 마르케스 졸라.

그는 빈 페이지에 관한 의심보다 자신의 텅 빈 눈동자에 관한 의심을 키워나가는 사람이었다.

후안 마르케스 졸라.

그것이 숙희가 그를 기록할 수 있는 원동력이었다.

필경사

눈발 흩날리므로 고등어 굽기로 한다. 정숙이 주워 온 잔가지로 나는 불을 지폈다. 바닥에 주저앉아 타오르는 모닥불을 오래도록 바라봤다.

이 계절은 이렇게 끝이 난다.

그러나 여전히 눈발이 흩날리고 있으므로 정숙과 나는 다시 첨탑 아래 모여들었다.

나는 모닥불을 피워보자고 말할 생각이었으나 손바닥으로 바닥을 팡팡 내려치며 아니 그러니까 그날의 모닥불에 관한 기록을 살펴보자고요, 정숙이 말했으므로

우리는 쌓인 눈 위로 그날의 모닥불을 한 문장씩 써 내려갔다.

- 그러니까 불빛 저 모닥불을…
- 손을 주세요 당신의 춤 내 함께 춰드릴 테니
- 샹들리에, 나는 이곳이 공연장이라는 것 믿지 못하겠다
- 그렇다면 나는 나무 차례대로 뽑으며 사막 걸어가겠다

눈발 눈송이로 바뀌어 있다.

몇몇 기록 더 있으나 그날의 모닥불을 설명할 수 있는 문장이 하나도 없으므로 우리는 서로 등을 맞대거나 바닥에 눕거나 스트레칭 함으로써 모닥불을 각자의 머릿속에 그려보는 시간을 갖기로 했다.

이 장소를 되감아본다. 모닥불 시작했던 계절로

우리는 첨탑 아래 서 있고 서로의 패딩 지퍼 내려주었다. 우수수 돋아나는 거위 털과 본드로 붙여놓은 뼈와 뼈. 온 공중 떠돌았다. 밤과 낮의 트램펄린 위 뛰어다니면서 네가 내 허리 껴안고 내가 네 손등 쥐고 또 다른 네가 이 여행 기록하고 있다고 믿으면서. 바다 위를 오징어 떼처럼 미끄러졌다. 주머니에서 꺼낸 눈송이로 눈사람 빚었다. 점점 더 깊숙한 갱도로 내려가면서. 천장에 매달린 박쥐 구두 구경하면서. 네가 내뱉는 감탄사 동시에; 구운 고등어 냄새

참 이상하지.

퍼붓는 눈 너머에서 생각 잠긴 정숙에게 나는 떠오른 것을 전달하려 했으나 다만 솟아나는 나무들. 단지 크리스마스적인 나무들. 빛나는 알전구 칭칭 몸에 감고 차례대로 쓰러지는

저 나무들이 생각 무관한 말 내 입 밖으로 끄집어냈고

토했다.

토가 나를 할 때까지 토했어.

나는 바닥에 주저앉아 없는 모닥불 오래도록 바라보았다. 글자와 글자들, 쌓인 눈 위로 새겨지고 지워지고 또 겹쳐지므로

회오리 하며 끝나는 이 계절

나선영원계단

새와 열차와 외국인

열차 문 열린다. 새들 두 줄 맞춰 걸어 들어온다. 너는 줄의 마지막에 서 있다. 열차 새들을 태운다. 너를 마지막으로 태운다. 문 닫힌 열차 달린다. 너는 자리에 앉는다. 창밖의 불빛들이 하얗고 노랗게 반짝인다.

너는 아침에 먹은 한 조각의 스크램블과 한 잔의 찰랑거리는 우유를 떠올린다. 너는 책의 첫 장을 펼친다.

너의 오른쪽에 앉은 아이가 지금 막 너의 표정을 읽기 시작한다. 너의 오른쪽에 앉은 아이의 오른쪽에 앉은 아줌마가 맞은편 창을 통해 오믈렛처럼 노란 눈으로 너와 아이를 관찰한다.

하얀 새와, 더 하얀 새와, 더, 더 하얀 새와, 하얗지 않은 새가
너의 오른쪽에 앉은 아이의 오른쪽에 앉은 아줌마의 오믈렛처럼 폭신한 눈동자 속으로 일제히 날아든다.

너는 페이지 한 귀퉁이를 접는다.

너의 왼쪽에 앉은 외국인이 파란 눈으로 너에게 책 제목을 묻는다. 너의 왼쪽에 앉은 외국인의 왼쪽에 앉은 외국인이 안경을 치켜올리고 초록 눈으로 새들을 쳐다본다.

새들 일제히 왼쪽으로 고개를 돌린다. 너와 너의 왼쪽에 앉은 외국인과 너의 왼쪽에 앉은 외국인의 왼쪽에 앉은 외국인이 어깨를 움츠린다.

다음 역명을 알리는 기장의 목소리가 수백 개의 언어로 번역되어 흘러나온다. 아무도 말이…… 없다 입이 녹아내리고 있는 것처럼 모두 턱 밑을 두 손으로 받친다.

너는 줄줄 흐르는 우유를 떠올린다.

열차 속도를 올린다…… 빠르게 조금 더 빠르게…… 열차 천장의 백열전구 깜빡인다 빠르게…… 조금 더 빠르게…… 새들 놀라서 날개를 펼쳤다 접었다 반복한다 새들도 빠르게…… 날개의 모든 근육 다 사용하며 조금 더 빠르게…… 새들이 깜빡이는 불빛에 맞춰 날고 있는 것 같다.

너는 책을 접고 자리에서 일어선다.

너는 빠르게 달리는 열차와 깜빡이는 백열전구의 빛과 거기에 맞춰 손처럼 내미는 날개와 호주머니를 뒤지는 새들을 가만히 바라본다. 너의 표정은…… 느리다 너는…… 마치 공중에 흘린 새의 발자국 같다.

휴일

돌층계가 하나 둘… 여섯. 현관 두드렸을 때 문 열고 나온 사람 말한다.

자네 집을 잘못 찾은 것 같군.

이것이 결말이었으면 좋겠다.

그는 자신의 눈동자 위로 나를 새긴다. 뒤통수 너머 솟아오르는 까마귀. 질질 자동차 끌고 가는 헤드라이트 불빛. 밤의 골목, 총구들, 대로와 돌층계 위로 쌓이는 눈.

나는 그의 눈동자에게 내 등 뒤 배워버렸다.

달걀 주세요. 상하지 않는 흰 달걀요. 빈 바구니 내밀면서 나는 말했고 굿 나이트. 귀가하는 이웃들 친절한 목소리와

들어맞은 열쇠가 만들어낸 장전 소리. 춥군 추워 그의 혼잣말; 떨리는 내 어깨와

눈동자 위에서 내가 쓰러진다. 거리와 눈 눈과 거리 밀려난다. 클로즈업되는

가로등 불빛과 그 아래 고개 숙인 한 사람. 부르튼 손으로 탁탁 자신의 뒤통수

내려친다. 찬장에서 바닥으로 하나둘 떨어지는 달걀. 타오르는 벽난로. 연기 피어오르는 냄비. 그는 내게서

자신의 집 배워버렸다. 서로 바라보면서 내가 그를 찾아온 것 아니고 서로를 바라보지 않으면서

그가 나를 찾아온 것 아니다. 젖은 빵 뜯는 물고기 같군요, 그의 입술 나의 입술과

이곳이 나의 집입니다.

그의 집으로 들어서면서 헤매게 되는 거리다. 춥군 추워 내가 그처럼 그가 나처럼

읊조리면서. 어디 동굴이라 생각하면서. 난사 이후 어깨 같아, 함께 출렁이면서. 사방으로 흩어지는 발자국, 수레바퀴와 매머드, 얼룩무늬 원숭이 새겨진

벽면;

달걀을 주세요. 상하지 않는 흰 달걀을요. 대문 두드리는 어린아이 K의 뒷모습과

문 열고 나오는

원시인 원숭이, 한국인과 모닥불. 사랑하는 팔짱 끼고 사랑하지 않는 사람과

거실을 모닥불 주위를 가로등 아래를

현관 너머와 팔짱 낀 둘의 주위까지 돌면서

눈빛은 쏘아진 탄환

우리 입 맞추며 눈 감는 습관이 있죠

눈빛은 쏘아진 탄환

돌림노래 반복하면서. 그가 나를 내가 그를

놓치지 않으면서. 지우면서. 눈동자, 동굴과 거리와 야자수. 따뜻한 집. 흰 달걀 하나.

이름들

다정하게 속삭이는 숙희.
(그 기록은 실패할 것이다)

나는 뜨개질하는 사람. 저기요, 무늬 만들어보겠다는 손 내가 어찌할 순 없잖아요.
허공으로 풀려나는 목소리.

오늘 내 얼굴 질서가 없어.
—옷장 속 모든 옷 침대 위에 펼쳐놓고 고민에 빠진 숙희.

어제의 이름 기억할 수 없다 숙희. 당신은 나를 어떻게 부르시려나.
소란스러운 베고니아
얼룩마리아
천 겹의 유리 위로 쏟아지는 미스터 빛?

나는 뜨개 하는 사람. 오늘 나는 엉킨 스텝이 만들어낸 우연한 포옹 같아. 두 번 다시 흉내 낼 수 없을 자세 같고.

외출하네 숙희. 룰루랄라 콧노래 흥얼거리며 숙희야 숙희. 이웃들과 밝게 인사하네. 온 동네 울려 퍼지는 목소리. 공중 박차는 새 발자국. 동네를

걷고 있었다. 걷고 있습니다 동네를. 나는 걷는 중입니다. ~~중얼거림으로써 확신하기~~. 지나친 도로와 정원과 자동차와 식물과 굴착기 잎맥잎맥잎맥발목발목. ~~모든 걸 잊기 위해 중얼거리기~~.

내 곁에 주저앉아 땅콩 씹는 숙희. 뜨개 하는 사람.
나는계속계속자라나네
나는계속계속영문없네
— 너희에게 가장 잘 어울리는 무늬를 입히고 말 거야

바둑판무늬 창문
구름구름 엮어 만들어낸

나는 모조리 찢고 싶다.

(너의 얼굴을 사랑하였다)

오늘 내 얼굴 질서가 없어.

물방울 아가일 헤링본 타탄체크 나비격자 덩굴풀. 터널 탈출하는 자동차들. 들어온 순서도 없이

펄럭이는 만국기.

숙희; 오늘 네게 들려줄 이름 없어.

(양팔 벌리는 숙희)

없는 이름 만들어서라도 너는 나를 부르는구나. 너는 끝까지 나를 묻지 않는구나.

다정하게 속삭이는 숙희; 땅콩버터

빠비안

사랑하였다 빠비안. 밤, 몸 떠는 산사나무 아래였다. 알록달록 바람막이 걸친 등산객들 숲을 떠나고 있었다.

바람이 멎었다.

아무런 사건도 일어나지 않은 숲이었으므로 나의 야간 산행 이것으로 끝이 난다.

사랑하지 아니하였다 빠비안.

털신 껴입고 잠든 발 토닥이면서

빠비안과 한 침대에서 잠들었다. 사랑했던 연인의 이름 서로에게 읊조렸다. 브라슈토 미트흐 앙트라헤로 움다비

빠비안 나를 가르쳤으므로 나도 빠비안 가르쳤다.

우리는 서로를 배웠다. (아무것도 배우지 아니하였다) 욕조 속이었다.

비친 얼굴이 흔들려서 물 넘쳐흘렀다.

개구리알 손가락 사이로 흘러내렸다. 발가벗은 우리를 바라보는 눈동자

(충혈된 눈동자) 빠비안과 나의 옆구리 퍼져나가는 붉은 반점. 이것은 사건 될 수 있나.

(얼굴 위로 어둠 몰려왔다) 우리를 기록하려는 순간

눈동자는 있지 아니하였다. 물 위로 빠비안의 얼굴 떠올랐다. 등산객들 손끝으로 푹푹 미모사 찌르고 있지 아니하였다.

욕조 속이었다. 브라슈토 미트흐 앙트라헤로 웁다비 빠비안. 떠다니는 이름 있었다.

빠비안 나는 너를 사랑해. 읊조렸다. 이름 있지 아니하였다. 창밖으로 어제 날씨 예보되고 있었다.

천천히 흔들리기 시작하는 밤.

산사나무 아래였다.

메종 드 순덕

순덕이 만나 내 쏘주나 한잔하러 사거리 지나 어디 골목 들어설 때, 시작하는 가로등 빛. 그 아래 동네 닭이란 닭 모조리 차곡차곡 얽혀 죽어 얼핏 작은 봉분 하나 연상케 하는데. 내 누르면 뽀오오옥 뽀오오옥 소리 장난하는 닭이라 알고 다가섰더니 악취. 멎는

숨. 그런데 또 금세 적응하여 숨 멎은 나를 가만 관찰하자니 코가 나를 저버린 것 아니고 내가 코를 저버린 것도 아니고 내 코 멈춘

장본인. 나의 도배사. 의자 위에 까치발 하고 천장 마지막 칸 합지 바르는 그가 바로 순덕이니. 천장 짚는 저 손이 먼저냐, 손과 팔꿈치 어깨로 이어지는 그러니까 땀방울 흐르는 저 순덕의 턱이 먼저냐, 그것도 아니라면 사방 흰 이 원룸이 먼저냐 하는 물음

의미 없고 이 현대의 명장. 저 천장 아래서만큼은 물러서는 법 없다는 사실만이 내 닭으로부터 달아나게 만들더라. 내 다시 이 부패한 닭냄새로부터 물러나 골목 초입 어데 앉아 우두커니 생각하니. 순덕이 물러서지 않은 것이 아니라 명장이라는 그 타이틀. 그러니까 순덕이의

곤조 하나가 몸 뒤돌리지 못하게 양어깨 꽉 움켜쥐고

놓아주지를 않는다더라. 그러나 어디 좌우에서 압박하여 찌그러뜨린다고

인간임이 분명한 순덕이 줄어들 리는 없고, 세로로 길어지며 팔척 귀신이라 불리는 것이 바로 이 순덕이라 하니. 어디 들어서는 다이소마다 장난하는 닭 품절하여 찾아볼 수 없어 비로소 내 오늘 풍문하였다.

저기… 눈송이를 한 알씩 따서 바구니에 담고 있는 나의 앤에게

플라스틱 과수원; 눈 올까요, 눈은 올까요 묻는 네 손 잡고 돌아다녔다. 자라나는 수염과 흔들리는

머리카락들. 끝도 없이 펼쳐지는 들판 돌아다녔다. 그것이 우리의 일이었다. 엉덩이 밀어내는 풀, 무릎 접고 단잠 빠진 양 떼, 억새 흔드는 바람 우리가

다 앞지르면서. 헤매게 될 것 같다는 착각. 구름으로 짠 새. 그러니

이리로 앤. 저기 나무, 소리 없이 흔들리는 것이라면 그 무엇이든지
그러니까 말이지 앤
(네가 쳐다보고 있으므로 내 할 말 모조리 잃어버렸다)

내가나무처럼나무같이나무인듯
나무가나를흉내낼리는없으니
겁먹은 눈망울로 너만이 이해하는구나.

앤; 눈은 내리지 않았으므로 일어나지 않은 일을 기록하고 잠들었답니다.

가망 없다 저 구름
혀 빼어 문 공중

화장실 잠깐 다녀왔을 뿐인데 자꾸만 내 벌판 지나가 버리고 새로 펼쳐지는 벌판 앞에서 가져본 적 없는 내 벌판 이름 되뇌려 애쓰게 되고 서로의 손 꼭 쥔 채 구부러지기 시작하는 연인의 등은 아무래도

이상하지; 내 몫은 끝났다. 너와 앤 더는 간섭 않겠다.
나는 눈 덮인 호두나무 사랑할 줄 아는 사람입니다 손 놓는 순간 내 것 아니하는 내 목소리

세잔과 용석

세잔의 몸은 기록 없는 전쟁사였다
나는 용석을 기록하며 그것을 알게 되었다

세잔과 용석은 호명하는 방법의 차이만 있을 뿐
하나의 인물이었다

나는 세잔을 찾아서 용석의 현관문을 두들기기도 하고 반대로 용석을 찾아서 세잔의 현관문을 두들기기도 했다

용석은 빌딩과 빌딩의 높이를 가늠하는 아이였고
세잔은 빌딩과 빌딩의 틈새를 가늠하는 아이였다

세잔과 용석 몰래 말하려는 바람에 서두가 이렇게 길어졌다
(세잔과 용석은 사실 둘이다)

다시,

세잔의 몸은 기록 없는 전쟁사였다
나는 세잔과 용석을 기록하며 그것을 모르게 되었다

세잔은 새총에 장전된 돌멩이였다
세잔은 숲의 모든 나무를 끌어안아본 재였다
세잔은 공기의 얼굴 뒤에 숨어 있는 프리즘이었다

용석아
네게서 세잔에게로 너희에게서 내게로
전쟁이 유예되고 있다

용석아
네 얼굴로 탄환이 쏘아진다 내 배후는 화약 냄새가 가득하다

세잔과 용석은 새들의 일회성 날갯짓, 접히는
세잔과 용석은 수도꼭지를 타고 흐르는 물의 미래, 버려지는
세잔과 용석은 공중의 양쪽 귀에 걸어준 하얀 마스크,

아무도 모르는

나는 누구를 위해 세잔을 기록하나
용석을 기록하나

도시의 모든 굴뚝에서
세잔과 용석이 솟아난다 수증기처럼 함부로

이바구

아아 구운 가지 냄새… 미친 듯한 이 허기. 스톱 버튼; 스스로 껴안으며 비명 하는 저 얼굴.

게임이 우리를 시작해버렸다.

걸음이 나를 하게 두다 보니 어찌 충정로 사거리까지 와 버려, 이 어두운 종로삼가 아니 아현 가구거리 앞에 주저앉아 엉엉 울고 있는 이 내가(ㅋㅋ). 어려운 것 없는데 뭐

쉽지도 않아서. 어찌 또 가만 보니 저 얼굴 찢어질 듯 웃음 하는 얼굴이더라. 내 진짜 어디 거짓 위로라도 좀 드리고 싶은데.

저 울보 친구로부터 내 이 밤 또 한 번 지켜본다고. 지금 걷는 이 돌담길. 지난밤 끌어와 설명하지 아니하고야 한 발짝도 뗄 수 없다는 명령 제쳐두고. 가위바위보 하여 묵 낸 피터와

가위바위보 하여 찌 낸 철수가 다를 리 없다는 나의 노하우로 세워진 이 돌담길. 그늘도 밤도 분간 못 하고 주저앉아 거 내 폼 좀 잡느라 다리 꼬니

저 사방 둥지 하러 몰려드는 초파리 떼.

좋다. 단 한 번이라도 녹음하고 싶군. 내가 마주한 자네, 이름 영희라 하였나. 그쪽 정수리 탈출하며 저 먼 밤으로 날개 하는

바퀴벌레로까지. 그래, 알려주지 않으니 더 좋아. 어데다 차치하고, 깡패 하나 없는 거리라니.

이 얼마나 무서운가? 아니,

우스운가? 고무줄 반동 흉내 하듯 물결 하는 저수지에서.

저수지 물결 기어코 만들어내고야 마는 이 출렁다리에서. 돌담길 아래 쓰러진 저

피터까지. 그는 매번 그에게 졌고 그는 매번 그에게 이겼다는 이 만성 위경련 환자

철수의 투덜거림까지.

내 앙앙 울다가도

딱 이 초에 한 번씩 마디만큼만 명치 밀고 들어오는 칼 맞느라 정신이 없어

아니.

나는 칼의 입장입니다. 영희라 하였나. 저 딱딱한 밤의 돌담 뚫어보겠다고 들이미는 정수리. 그것이

앙앙 웃으며 쪼개지다가

하필 내 오늘 소유한 차가 준중형이라 몇은 구겨 싣고 몇은 옮겨다 싣고 몇은 돌돌 묶어 보닛에 매달아보아도.

플레이 버튼;

어젯밤 프라이팬 꺼내 가지 하나 굽느라 선물 받은(철

수였나?) 일 분짜리 모래시계 뒤집어놓았는데 그 모래 밑에서 위로 회오리 하듯 치솟으며 달걀 깨뜨릴 새도 없이 온 부엌을 난장해놨더라. 쓸고 쓸어도 끝이 없어 일 분 이 분

삼 분… 시간만 자꾸 가는데

올려다보는 자세 그대로 내 녹아내려도 좋겠다고 이 돌담길. 여름. 햇살. 그만 아무 데나 퍼질러 앉아 탁주나 깔까 싶다가도

어디 가지 탄내 매캐하여 내뱉은 기침 한 번에 다시 사방 흩어지는 저 저 모래알. 햇살. 여름

어찌 됐든.

돌담 내 이제 안중에도 없고 이쯤 되니 지난밤이 중요한 것인지, 어찌 한번 시작해보려는 이 돌담길이 중요한 것인지, 피터고 영희고 나발이고 뭐가 중요한 것인지도 내 모르겠다고

이거 어찌 잘못된 거 아닌가?

지난밤 끌어오라는 명령 피하자고 시작한 짓 아니었나?

중얼거리는 내가

나는 슬슬 지겹다 하더라.

큐브

우리는 하나였다.

저기 저 줄다리기하면서 흔들리는 상반신들. 마치 지네 다리, 제각각 꿈틀거리는

결정적인 순간이면 눈 질끈 감는 버릇 있지. 누군가 중얼거린다면 너도?너도?너의너와너의너의너의너도?

머릿수 늘려가면서 하나는 우리였다.

공책 선물 받고 보물 이름 적힌 쪽지 찾아 풀숲으로 떠나고 트랙에 탁탁 침 뱉으며 만국기 아래

우리는 하나로 불릴 수도 있다.

화창한 날씨 가로질러 터널 속으로 나는 신나게 차 몰고 간다.

빛 없어 눈먼 사람과 빛에 갇혀 눈먼 사람 얼굴은 두려

움과 공허함으로 모양이 다르겠으나 가장 먼저 마주한 것이 상상한 자신의 얼굴이었다는 점에서

하나였고 눈 감긴 얼굴로도 우리 하나 될 수 있었으나 눈 감으면서 하나가 아니었다. 어둠이 펼쳐지면

각자의 이야기 냄비에 끓이느라 바빴고 그것을 휘저을수록 날씨는 흐려졌으므로 터널을 벗어나면 어항이 펼쳐질 것이다. 나는 어항 속으로 더 신나게 차 몰고 간다.

우리는 하나라고 배웠으므로 하나는 우리. 그렇다면 하나가 우리의 가능성일까 우리가

하나의 가능성일까?
부메랑은 일회용이었으나

돌아오고 말 것이다. 입술과 입술 맞출 때마다 우리는 하나고 두 번 다시 같은 모양으로 포개질 수 없는 입술이었음을 알아차린다면 우리는

하나가 아니다. 국적과 인종 말과 양치기 또 무엇과도 상관없다는 듯 우리 입술이 내뱉는 감탄사

왜 점점 비슷해질까? 우리는 우리 입술 모조리 어항에게 빼앗기면서 하나고 미끄럽고 빠르고 때로는 느리게 가라앉는 제각각 입술들

가리키면서 하나 아니고. 어항 바닥 몰두하는 금붕어들 꼬리는 시든 수초처럼 흔들리지만 금붕어 꼬리 우리 발목으로 대체한다 하더라도 어깨동무한 등과

맞잡은 손은 흔들리지 않을 수 없다는 점에서 우리는 하나고 하나는 우리가 아니다.

4부

부러지는 구름

나는 하나를 초대했다. 그를 매듭 하느라 건물이 휜다. 빨래집게, 피아노 줄, 그들이 온다. 구름 등지고 그는 서 있다. 노끈 둥글게 매듭 하며 그는 점점 짧아진다. 옥상에 주저앉은 그가 보인다. 나는 둘에게 초대받았다. 계단은 모조리 일인용. 그는 회복 노래하고 그는 회복을 모른다. 그들이 온다. 둘 셋 하나 몇 초대한지 모르겠다. 그는 콘크리트 파쇄기, 제2잠수교, 젖은 난간을 사랑한다. 나는 나를 영화에게 빼앗겼다. 그는 넥타이, 천장 철골, 애드벌룬 사랑한다. 이 장면 영화에서 보았다. 옥상 빌려 나는 기다린다. 빠르게 살포되는 구름. 내가 깨지는 유리창.

패킹

또 비가 오네, 이마 두드리며 폭발하는 비가, 안중에도 없어 하늘은, 비가 오니까, 검은 웅덩이 두드리며, 비가 계속 오니까, 관심 없어 폭발하는 비, 시끄러우니까. 폭발이 만들어 낸 비가 좋아, 흘러갈 뿐이니까, 비가 와, 자갈 타고 경사 따라 흐르는 이 비를, 내가 맞아. 비가 오니까. 웅덩이 끌고 검은 비가 오니까. 내가 맞는다고. 이 웅덩이 앞에서, 나만 맞는다고, 노란 장화, 뒤집어진 우산, 흰 비닐봉지 첨벙첨벙 뛰노는 웅덩이 위로. 비가 나를 끌고 와, 들이민 사진기, 렌즈 뒤 웅덩이를 기록하는 눈동자. 그쪽으로, 물길 훤히 보이는 당신네 눈동자 위로, 비가 간다고, 쓰면서도 나는, 어디 그 비 나도 한번 맞아보겠다고, 쓰면서도 나는, 비가 오니까, 쾅쾅 연속 폭발음 속에서, 멈추지 않는 이 비. 기록하는 저 눈동자들 내 것 아니라고 말하는, 내 입술, 내 눈동자 위로 흐르는, 이 비, 나는 혼자 맞아, 내가 모르는 비를, 비가 오니까, 이 검은 웅덩이, 부글부글 그림자, 흰무늬 코뿔소의 뿔, 개밥바라기, 고라니 발굽, 모든 것이 떠도는, 웅덩이 위로, 비가 계속 오니까. 쓰는 내가 지겹도록, 비가 온다고, 씌어진 내가, 쓰는 나를 저주하도록, 멈추지 않는, 누구도 뛰어들

수 없는, 웅덩이, 내 눈동자로, 이 지독한 비가, 아무런 하늘도 없이

굴착기와 굴 찾기

우리는 자꾸만 터널을 걷게 된다 철공소를 부동산을 출렁이는 등을 지나서

터널을 걷고 있다

세상을 깜짝 놀라게 할 것이다

우리가 함께 터널을 걷고 있다는 사실만으로

그러나 액션!

하염없이 수신호만 기다리는 공포 영화 출연진은

터널 걷는 것이다

우리가 놀라게 할 수 있는 건 우리밖에 없구나 읊조리면서 바닥에 흩어진 불빛 뒤꿈치로 탁탁 내리치면서

섬의 바깥;

터널 미끄러지는 물빛 트레일러처럼

와르르 쏟아지는 은색 빠이프처럼

나는 파도 몰아치는 외딴섬의 풍경 이야기 중인가 테트라포드 붉은 동백 갯강구 몰려다니는 이 터널

걷는 사람 자꾸만 걷게 되는 사람 빗물 고인 맨홀 뚜껑 지나면서 빗물

사방에 튀기면서 휴대폰 불빛에 모든 것 의지하면서 세상을 깜짝 놀라게 할 거야

함께 터널을 걷고 있다는 사실만으로 우리는

우리를 왔던 길로 되돌려 보낸다 흘려버린 미래와 발목과 목소리들 찾아오렴, 정육점을 복권방을

몽마르뜨 언덕 지나서 그곳에 해변 있던가요 낭떠러지 아래 펼쳐진 바다

보았나요 우리가 마주 잡은 손깍지 모양새

우리가 보면서 우리가 터널에 울려 퍼뜨린 발소리 우리가 들으면서

걸을 것이다 터널

컷컷컷!

아무리 슬레이트 내리쳐도 끝나지 않는 파도를

군락지에서 불낙지

뭐 아스팔트야 깜장 단화 필요하겠지만 흰 발목 그러니까 발목 양말 어찌 복사뼈로 이어지는 연상이 통 재미가 없어 제3한강교

아래 튜브질이나 할까 싶다가도 막 떨어진 쿠키 주워 흙 불어대는 그레텔 입김 내 마음에 썩 들어 대추 맛 계피 맛 날래 움직이는 혀 느끼며

돌아갈 집이 어제보다야 조금 더 가까워진 오솔길 위로 접어든 아니 그러니까 내가 어디 시골 들판에 주저앉아 저 얼룩소 한 마리

앞으로 그저 주춤 뒤로 주춤할 때마다 저 호숫가 상공 매달린 허수아비, 자유로운 발목, 그러니까 허수아비

거친 손이 지 가는 목에 칭칭 두른 노끈 스스로 여몄다 풀었다 분주하나 수면에 자신의 그림자 세워놓은 허수아비 자꾸만 품에 안겨드는 청어와 쏘가리 떼 어찌하지 못해서 일종의 집단, 허수아비 군락, 동사무소에 몰려와

어디 민원 하는 주민들. 수축과 이완; 콧구멍으로부터 돼지의 얼굴로 이어지는 연상은 내가 돼지 아니고서는 불가능한데 헨젤이 어떠니 저떠니 내 너트도 없이 앵글러나 돌려대니 돌아서는 곳마다 공사판 애꿎어

이 내가 나는 정말 좋아

사카린 프로젝트

나의 습관은 막 얼어붙기 시작하는 해변에다 나를 던져놓았다

홀로 뒷모습 하며 걸었다

얼어붙어라 그대로 잠들라

해변 얼어붙기만을 기다리는 당신들 숨소리가 이곳의 나를 쾅쾅 두드렸다

지극히 의미 없는 문

문 연다 쏟아지는 뿌연 빛—
그 속에 내가 서 있는

글쎄, 저 장면 상영될 때 나 살짝 졸던 참이었고

조명 켜진 영화관
서둘러 빠져나가는 발목들 불러봤어요 붙잡아봤어요
우리 그냥 사는 이야기나 해요

저 문 바깥에 대해서
푹신한 양모 카펫 깔려 있는 복도, 비상구 유도등, 우수수 떨어진 팝콘과 이를테면… 지금 막 변기 레버를 내리는 사람에 대해서

몸을 오려 낸 발목 하나 둘 의자에 앉는다면
한쪽에서 손과 발을, 목과 어깨를 차곡차곡 쌓아 올리고 있다면

다른 쪽에서 문 하나가

마음의 문이요? 글쎄, 그런 것이라면… 세상 모든 문 미닫이와 여닫이로 설명 가능하지 않던가요

문 열리고— 해변이나 숲, 구름 위 미끄러지는 새 떼가 등장하는 풍경 따위—
문 닫히고
아무 일도 벌어지지 않는데요? 통유리 문 한 손으로 밀어젖히기 버겁고 온몸으로 밀어본다 하더라도 반대편에서 바람이라도 세차게 부는 날이라면 도무지…
정이란 정 다 떨어지는 법인데요

그러니까… 당번과 우유 박스 한쪽씩 나눠 들고 걷는 복도예요
넘어진 너와 내가 있었고 터지는 우유갑, 후르르 쏟아지는 우유를 모두가 바라보고 있을 때
우리는 복도보다 더 힘없는 단어 같아요
자빠진 채 날개에게 끌려 사라지는
풍경의 풍경 같은

쏟아지는 빛을 느끼고 싶다면 스위치를 누르거나 올리거나 화창한 바깥이 펼쳐진 날 골라 외출하세요

다음 영화의 중요한 장면은 문이 가로막고 있는 문 너머, 그러니까… 우유 냄새 진동하는 곳 기쁨 취해 눈 풀린 사랑스러운 오골계 주인공으로 나오는 곳

이제 그만 나갈게요, 네네 나 복도와 복도 슬쩍 막고 서 있을 테니 가벼운 문처럼, 가벼워서 문 아닌 문처럼, 어쩌면 가벼워서 문에 가까운 문처럼

책; 달로 가는 버스

가볍게 시작하자. 네가 껴안으면 내가 밀어내겠다. 천사 훔쳐 빚어낸 무지개 거품. 과속방지턱 따라 상공에서 흩어지는 비명들…

차창 스쳐 간 빗자국에게 성호 배운다

죽을 것 같네요. 더는 못 하겠군요. 과장하면서, 나는 내가 털어버린 양탄자였다. 과장하지 않으면서. 천사여. 네가 나를 천사라 불러다오. 중얼중얼중얼중얼…

외곽으로 빌딩들 비석들 외곽의 외곽으로. 바퀴는 살짝 띄우고, 나의 뼈는 이미 실패한 퍼즐이겠습니다. 결말부는 싹둑싹둑 오려서 창밖으로 던져버리고

옛날옛날오랜옛날롱롱타임어고. 운전석에 몸 파묻고 중얼거리는 할머니. 저는 오래된 이야기에 기울일 귀 따위 없어요. 반대편에서 반대편으로 홱홱 혼자 돌아가는 핸들. 도무지 쓸모없는

천사여. 천사 아닌 이여. 내가 궁금한 건 이 책의 첫 장.

오로지 첫번째 페이지입니다. 글은 종이보다 두꺼운 뼈를 가졌으나, 천사여

종이에게는 순서가 없으니, 너는 매번 패배하라. 그 사이에 슬쩍 너를 밀어 넣으라. 네가 책이 아닌 책이 너를 궁금해 날뛰는 상황이라도 만들라

경청하는 뒷자리 승객들이여. 나는 표절당한 책입니다. 늙은 손들이 백 년 전으로 나를 옮겨 적고 있습니다. 식물원까지 가자. 앞문과 뒷문 활짝 열어놓고, 손잡이는 흔들리기 위해 또 흔들린 만큼 흔들기 위해 만들어졌으니, 모조리 공중에다 걸어두고

천사는 가볍게 시작하라 이곳에서 탄생하라. 늙어버린 신이 앉았던 자리로 어린 무당이, 늙어버린 무당이 앉았던 자리로 다음 승객이. 로터리 영영 로터리에서

사랑니

너는 클레이 사격장에 던져졌다. 불타는 갈대들. 개는 공중에서 멈추었다. 박쥐 날아들었다. 총성은 필요 없다. 낙타와 염소 다 떠났다. 수평선 뭉개면서 코끼리 떼 걸어갔다. 동굴로 아주 돌아왔다. 둘이 마주 앉기엔 좁고 셋이 둘러앉기엔 넓다. 넷, 여섯, 아홉, 끝없이 늘어나는 박쥐의 흰 하이힐 눈부셨다. 너는 이빨과 이빨 사이에 낀 개구리알. 온몸으로 검은자 받아 적은 소프트아이스크림. 빌딩 꼭대기부터 한 층씩 불 켜졌다. 비행기가 창문에 착륙했다. 잇몸에서 자꾸만 피가 나서요. 왼팔 높이 뻗으면 네 검지에 방아쇠. 꾹 닫힌 윗입술 아랫입술 사이 싹둑싹둑 핑킹가위 지나갔다. 박쥐는 가깝고 의사는 멀다.

부동시

제대로 포개지는 법 없다.
양 손바닥.

언제나 어긋나는 일란성 손끝이여, 나의 열등한 오른쪽이여, 그동안 박수 소리로 너는 너의 달아오른 얼굴을 가장해왔지. 아무도 눈치채지 못했지.

그러나 네 쪽에서만 발견되는
죽은 모기를. 휴지로 닦아주는 왼손을. 떨어진 모기 다리를. 찢어진 날개를. 누구의 것인지 모를 피를 처리해주던
네 언니 향해.

적개심을 숨길 수 없었지.

너는 종종 집을 뛰쳐나갔지. 뼈가 어긋나는 고통이 뒤따를 걸 알고 있었지만 그것은 차후의 문제. 벗어나라. 일단 벗어나라. 문을 열고 집을 나서는 네 뒤로 접시들이 날아들었지. 벽에 부딪혀 박살이 났지.
걸었지 병원 찾아서. 정형외과와 안과와 안경점 늘어선 거리 헤매었어. 걸었지 걸었어… 선생님 더 빨리 자랄

수 있는 방법은 없나요. 멍한 눈동자에서 눈물이 줄줄 흘러내렸지.

왜 저는 아무것도 볼 수 없나요. 아무것도 할 수 없나요.

가출은 단순한 해프닝으로 마무리되곤 했지. 목덜미를 잡힌 채 언니와 집으로 돌아올 때면 골목의 담벼락들 끝없이 흔들렸지. 편안과 불안을 동시에 느끼게 해주려는 듯.

집으로 돌아온 너는 당분간 잠잠해졌어. 잠깐의 외출 동안 네가 마주쳤던 눈부신 오징어 뼈 영원한 셔틀콕 땅에서 솟아오르던 아름다운 종려나무를 떠올리며 언니를 집을 박수 소리를 다정하게 대해보려 했지만

열등감은 줄어들지를 않네
도무지 아름다운 네 열등감은!

밤만 되면 혼인 비행 펼치는 흰개미들 날개가 어지럽게 펼쳐졌지. 끝없이 맴돌았지. 양 귓등 선회하는 말벌의 날갯짓 소리.

눈 감으면 손바닥과 손바닥 마주치는 소리.

손뼉이여. 당신은 인형술사입니까. 눈알 수백 개가 너를 쳐다보고 있었지.

처음 뵙겠습니다.

철사가 흔들릴 때마다 꿰인 눈알들 네 눈앞에서 뱅글뱅글 돌아갔지.

네 몸을 샅샅이 훑어 내리는 눈동자였지. 현란한 눈알이었지. 박수 한 번— 둥둥 수면 위로 떠오르는 물고기들처럼.

또 박수 한 번— 스트라이크를 기다리는 볼링 핀처럼.

살려주세요 살려주세요 기도했지… 마주한 손끝, 하얀 입김은 언제나 왼쪽으로만 피어올랐지.

나의 열등이여, 일란성 쌍둥이여.

오른손 끝이 왼손 끝을 넘어설 때면 여지없이 날개를 확 펼치고 날아드는 말벌 떼!

바구니에 바게트

장작 벽난로에 던져 넣으며 그는 그를 기다리고 있다.
비탈 굴러가는 바게트 줍기
그러나 이 밤, 뒷골목, 여럿에게 둘러싸인 내가 무슨
힘 있겠나? 싶다가도 그러나 이 뒷골목, 나를 둘러싼
저 무리 향해 이빨 드러내느라 내내 창백하였다고
나는 나를 뒷골목으로부터 핑킹가위 하였냐고.
그가 묻고 있나 싶다가도 내 몸 어데 밤새 두근하는 트램펄린과 배 내민 바퀴벌레와
내 성벽; 쥐구멍이 숭숭 뚫려 출구와 입구 명확하지 아니한데 이쯤 되니 죽은 동생이
나를 뒤따르는 것이냐 죽은 동생 내가 뒤따르는 지경이냐 내가 그에게 중얼해도 내 여전히 화자 될 리 없어
그레텔은 과자 주우며 오솔길 되돌아갔다
그에게 일러주는 수밖에 없다. 벽난로가 함락한 벽. 불길, 깃발처럼 흔들리는
볼셰비키; 이 방 안 바게트 그가 다 줍는다. 나보다야 그가 주워야 할 바게트가 많아서 차분한 것이 그고
분주한 것은 난데 어데 해 지면 굳기 시작하는 오늘 밤도 여느 밤과 닮아

달려드는 개미 떼; 어깨 오므린 채 밀리고 밀려 그고 나고 할 것 없이 뒤섞여 어데 주변으로 밀려나니 온통 주변인 자청하는 이

뒷골목에서 그와 내가 대작한다. 술 몇 배 돌고 나니 이 동네 처음이다, 내 처음이야. 그가 나처럼 내가 그처럼 사방 두리번거리다 세븐일레븐 앞 의자에 겨우 정착하여

비탈 굴러가는 바게트 줍기

플라스틱 잔 건네는 손;

겨울 전지훈련 떠났더라. 가쿠지마 해안가 특산품이 바로 쪽가위처럼 내리쬐는 햇빛이라 내 그와 나란히 손 차양하여 바다 등지고 또 섰더라.

이 내가 나는 정말 좋아

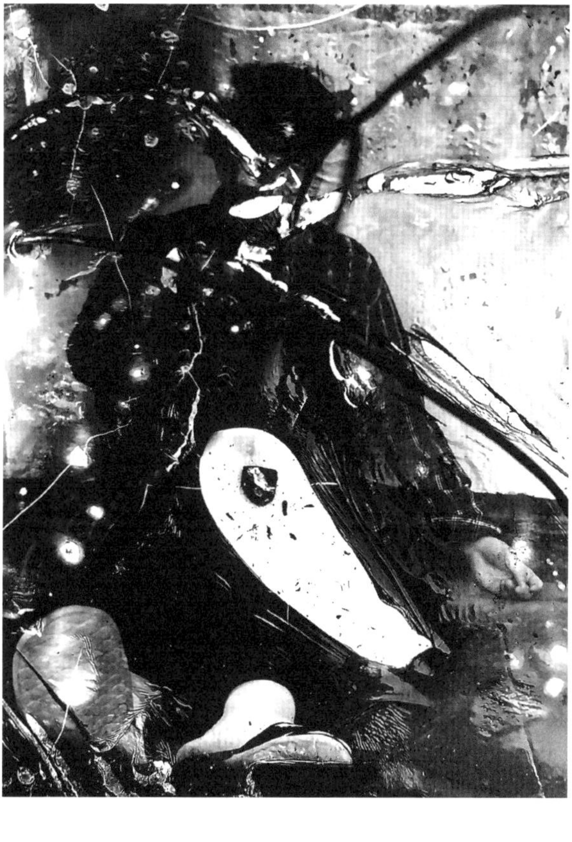

휴양가설

불현듯 양 뺨 맞댄 채 누워 있을 수 있지요, 한 사람과 한 사람, 한 사람과 두 사람, 어쩌면 없는 사람 있는 사람. 머리맡 호른 소리 울려 퍼지고 좋아 좋아요 중얼거리다

뭐가 좋은지 잊어버리는 것처럼. 솜 베갯잇 베고 잠드는 거예요. 달아올라요, 고랑 따라 구멍 내고 이름 모를 씨앗 모조리 뿌려요, 씨앗 떨어진 곳 바로 그곳이 꿈 밖. 한 번도 가본 적 없는 나라가

나를 키웠던 것처럼, 부둥켜안고 자장가 불러주던 외국인처럼요. 그러니까… 비단뱀 꼬리 문 보아뱀 꼬리 다시 무는 비단뱀. 결국 기억하는 건 마지막 꼬리 물고 있는 뱀이니, 그것의 꼬리일 테니

나 떠올릴수록 비행기 잃은 날개의 마음. 불시착 몰라. 미래는 양 손바닥 위 눈. 증거 없는 것들. 불어줄게요. 끌어안고

고백할래요. 이곳은 해변, 빌딩, 숲, 어쩌면 테마파크.

그것은 차후의 문제, 밀어두고, 눈 간질이는 앞머리 젖혀 두고, 지금은 일단 고백 한 줄부터, 머리와 위치 바뀐 손 도무지

가만있는 법 없고. 벌려라. 손바닥 펼쳐라. 이후를 말하라, 바로 그곳이 현재, 말하라. 떠나라, 확 터지는 꿈냄새. 비린내. 번쩍번쩍 잎사귀. 빵 터지는 형광등

종로 가구거리 들어서며

다짐했죠, 내가 사랑하는 것들 내 방에 들여놓지 않겠다고. 그런데 고양이라니? 나는 분명 청과물 코너 앞에서 수박값 천 원만 깎아달라 실랑이 중이었는데 이게 무슨

고쳐 쓰겠습니다. 뭐 어려운 일이라고요. 고양이 울음소리 나를 깨우는 새벽입니다. 나는 내 방 침대에 누워…
다시 쓸게요. 아무래도 고양이는 내가 깨운 것 같습니다. 하나씩 밝혀지는 캠퍼스 창문, 새벽 두리번거리는 이웃의 얼굴, 나는 굴뚝에서 끓어오르는 연기. 잠깐만

끓어오르는 연기라니? 시티 투어 중인 내가요? 머리카락 흩뜨리는 바람과 함께 경복궁, 창덕궁 다 돌고 이제 막 창경궁 입구에서 단체 할인 요구하는 내가요?

저 굴뚝은 몰라 그을음. 나는 서울대학교병원 지나치며 생각합니다. 무럭무럭 연기가 점점 고양이를 희미하게 아니 잠깐, 고양이라니. 지겹습니다. 나는 레토르트 식품 종량제 봉투에 담으며 포인트 번호 부르는 중이라고요

나는 점점 녹아내리는 어깨였다가 동시에 마모되는 손바닥이었다가, 생크림 케이크, 물결무늬, 나는 고양이의 축 처진 수염

됐습니다. 또 고치겠습니다. 이 고요하고 거룩한 새벽
나는 나를 두드리면서, 하루치의 새벽, 다시 하루치 새
벽, 끌었다 밀었다 이 도시 아무래도 공갈빵적인… 하
공갈빵이라니요? 나는 다시 나를 두드립니다. 도시 천
장 올려 치는 나와 도시 지붕 내려치는 나로 이 새벽 깔
끔하게 구분 가능하다면 내가 뭣 하러 잠까지 설쳐가며
거리, 연인들, 분수대와 매일 예술품 갈아치우는 전시
장. 이 도시는 세계에서 몇 번째로 아름다운 도시중얼중
얼중얼 그러니까 해설사 양반, 산책 허락하지 않는데 그
게 다 무슨 소용이랍니까?

3’47

멀고도 가까워 우주 식빵 굽는 고양 내 취향
아니고 박스 열어 휠라 운동화
밑창 홈 관찰 따라가는
손끝
불붙은 양초
투신
마주하지 않을 수 없어
헤아릴 필요 않는 별
백발노인
내가 매번 하는 밀랍

머멜리거

땀이 멎질 않는군; 자자 나도 같은 편입니다 왜 이리 적대합니까? 저 붉은 사방. 오늘도 내 어금니 남아나지 않는다; 영문도 모르고 견디느라. 나는 매일 토한다; 모든 탓 저 빌어먹을 날씨 때문; 땀 닦는 자보다 땀 흘리는 자의 머릿수가 늘 많아— 자자 홍등 잠시 꺼두고 둘러 앉아봅시다. 우선 내 오늘 점심께 먹은 머멜리거 레시피부터 읊어보리다.

1. 큰 그릇에 소금물 열네 컵을 담습니다.

2. 끓는 물에 기장 가루 여덟 컵을 넣는다.

* 잘 섞어주면 달라붙지 않아요!

퐁당퐁당 땀 두; 방울; 내일이 나를 토한다. 그래 당신들은 무엇을 지키려고? 내 것? 당신 것? 노려보기; 그만합시다 당신네들처럼 내 어제는 진보했다가 오늘은 보수했다가 아니아니 따져보니 당신 앞에서만 진보했다가

또 내 당신 없는 데서만 보수했다가

이런 흐름은 옳지 않아 내 또 땀 한다; 땀이 나를 세상에서 훔쳐낸다; 동시대 하기; 수리공은 일종의 프로젝트였다; 아무것도 고치지 못하는 자. 무엇 하러 고용하였나? 정방향으로 걸어가는 사람들; 뒷모습; 저 질서 정연하고 잘 훈련된; 진법을 사용하기 용이하며 중앙의 손

짓 따르는 깃발 움직임 몇 번으로 도형 하기—숫자 하기—까마귀 하기—이른바 흩어지고 다시 뭉치기—매우 적합한 저 진영; 오늘도 글렀다. 마방진도 한 수 접는

내 술 취한 걸인 하나를 님께 보냅니다; 비틀대며 내가 걸어간다. 초점이 흐려진다; 모든 탓 이 빌어먹을 땀 때문. 땀이 나를 망쳤어; 어찌 또 비틀비틀 걸어가는 걸인이다. 어깨들 몇 짚으면서 진영 헤집어버리니 그제야 저 다리들 엉키고 서로 꼬여 소란스러워지기 시작하더라; 내일이 나를 토한다; 거기 내 자리는 없단다. 기꺼이 반동분자 하기. 저는 병참 부대원입니다; 모든 서커스는 외국에 있다.* 후방에 있겠습니다. 얌전히 머멀리거나 저으면서… 쥐 죽은 듯 살게요. 괜히 읽었다. 쥐는 쉽게 죽지 않아. 모든 외국은 서커스에 있다고; 그는 내 귓속에 매일 토한다. 영양제는 누가 만들었을까? 나는 매일 토한다; 그것이 내 직업. 나는 참고 있다; 통째로 삼켜버린 외국. 땀이멎질않는다. 해방이 나를 견딘다; 폴렌타; 아무 맛도 없는

* 아글라야 페터라니, 『아이는 왜 폴렌타 속에서 끓는가』, 배수아 옮김, 워크룸프레스, 2021.

후보 선수 없는 팀은
출전할 자격 없다

나는 네가 띄워놓은 알루미늄 풍선. 전신주 너머 헤매는
가오리연이라도 좋아.
빛이 내 얼굴 흔들 때마다 환호성 터져 나왔다. 헤이,
이곳을 봐. 알려주겠다 아래에서
위 내려다볼 수 있다는 사실을.
나는 고정된 장면 필요해. 네가 내 발목 묶은 타래 감
고 또 풀어내면서 논두렁 홀로 서 있는 장면.
심장을 더 흔들어줘, 움켜쥐어도 좋아. 필요한 건 타래
풀어가는 손일까. 타래
감아가는 손일까. 약간의 악력 필요한 순간 살다 보면
도래하기 마련이지만 마이너스
마이너스. 빼야 할 힘 빼지 못해
실 끊어낼 가위 여태 내 찾지 못한 것일지도 모르겠다.
고정된 장면 필요해. 모두 떠나버린 논두렁 단 한 번만이
라도
산사나무 끝없이 너 에워싸며 자라나고. 저화질 홀로
그램 속
주인공. 너는 공중의 연 꽝꽝 대못 하면서
고정된 내가 필요해.

해설

일인용 숲의 마지막 목격자

최가은
(문학평론가)

1.

숲속이었네 일인용 숲이었어,
[……]
나는 나의 마지막 목격자, 닫히지않는눈꺼풀

—「오드아이 신드롬」 부분

'나'는 나의 마지막 목격자이며, 그런 내가 증언하는 것은 단 하나의 장면, 일인용의 정황이다. 위의 시에 기재된 '나'의 이 선언은 '일인용 숲'인 『립싱크 하이웨이』를 통과하는 내내 가장 오래 머물렀으나, 아직 완전히 떠나오지 못한 문장이다. 그럼에도 이를 곧 시집의 결론으로 삼는 일은 어딘가 주저되는 면이 있다. 우선 내 사타구니에 자리 잡은 "서산 가옥"(「설중매雪中梅」)에서부터 모든 것을 건너편에 둔 "저수지"(「저수지」)를 지나 종로삼가, 아현 가구거리, 타이베이 뒷골목의 구석구석을 거쳐가는 이 시집의 종횡무진을 한 사람이 목격한 단 하나의 정황 정도로 갈음하는 것은 부당한 처사처럼 보인다. 뿐만 아니라 이 같은 '일인용 숲'에서의 결론이 하나 외의 모든 것을 그저 "흘려보낸 정황" 또는 "사족"(「사카린 프로젝트」, p. 18)으로 취급하는 '나'의 말을 표면적으로 이해한 결과라면, 이는 더더욱 시집에 관한 충실한 독해가 될 수 없다.

『립싱크 하이웨이』가 공유하는 전제는 세상의 모든 우연을 하나의 논리, 하나의 진리로 수렴하는 간단하고 손쉬운 대처법이 아니다. 시집에서 가장 먼저 상기되는 것은 이곳 일인용 숲이 다른 누구도 아닌 '나'의 자리가 끝내 마련되지 않는 장소라는 사실이기 때문이다. 이를 알아차린 독자에게 앞선 화자의 선언은 답하기 어려운 질문만을 생성한다. 한 사람을 위한 숲에서조차 제 자리를 찾지 못하는 '나'는 과연 나의 마지막 목격자가 될 수 있을까. "닫히지않는눈꺼풀" 안팎에서 상영 중이라는 그것은 하나의 정황을 둘러싼 채로 수없이 비껴가는, 그래서 영원히 완성되지 못할 이야기인 것은 아닌가. 그런 것을 정말 '나'의 이야기라고 말할 수 있을까. 시집은 이 곤란한 물음의 자리에 우리를 데려다놓은 채로 그것의 의미를 느리고 깊게 들여다보는 일에 열중한다.

홀로 탱고 하였다. 미러볼이 무대를 기록하였다. 내 자리 그곳에 없었다. 미러볼 나를 부정하였다. 나는 클럽 지붕 위 배회하는 형광 나비였다.

나는 나의 꿈속으로 도망하였다. 어둠 흔드는 탱고였다. 내가 탱고 하는 것인지 탱고가 나 하는 것인지 알 수 없었다. 한 송이씩 붉은 장미 흐드러졌다. 엉킨 스텝이 장미에게 탱고 가르쳤다.

나는 부정당한 백만 한번째 장미였다. 장미는 백만 송이 기어코 완성하였다. 심수봉은 나를 몰라. 나는 나를 부정하였다.

[……]

이 정원은 모래나 하얀 돌을 깔아 바다의 형상 떠올리게 만드는 일본의 지정池庭 양식 참고하여 만들어졌으나 나는 모래나 하얀 돌 대신 붉은 장미 백만 한 송이를 배치하여 나의 꿈속다운 특징을 지니게 하였다. 쌍두사 나를 부정하였다. 백만 송이 장미 여전히 흔들리는 정원에서 늘어나는 머리가 넷 여섯… 나는 이 뱀의 여덟번째 머리였다;

나의 순서 나는 부정하였다. 다섯 머리가 여덟… 나는 대가리 늘려가는 뱀이었다. 나 홀로 탱고 하였다. 나는 부정당한 백만 한번째 장미였다 백만 한 송이 정원은 지정 양식 잊지 아니하였다. 부정하라 나는 부정되라. 나는 물결 하였다. 백만 송이 내가;

물결 하는 클럽이었다. 미러볼 아래에서 나는 기형 하였다; 그러니까 머리가 둘 넷… 이 뱀을 읽어내는 눈동자로부터 나는 시작하였다.

—「사카린 프로젝트」(pp. 9~10) 부분

사람들은 생의 마지막 순간에 목격하는 장면이 파란만장했던 지난 시간의 압축 버전 같은 것이라고들 믿는다. 제 삶을 기억하는 여러 몸짓으로 보아 '나'에게 그것은 기쁨보단 후회의 대상인 듯하다. 하지만 무엇에 미련을 갖고, 무엇을 후회할 수 있을까. 기억되는 것이 경험의 축적인, 완료된 '나'의 과거가 아니라면 말이다. 회상은 과거를 소유한 자가 누릴 수 있는 특권인데, 박지일의 '나'는 자기 자신에 대한 소유권마저 거부된 지 오래다.

'나'의 첫 기억은 "홀로 탱고 하였다"라는 문장으로 시작된다. 미러볼에 의해 기록 중인 '홀로 탱고'에 이미 '나'의 자리는 없는 것이다. 미러볼은 '나'를 부정하기에 '나'는 형광 나비의 실루엣으로 클럽의 지붕 위를 배회한다. 이런 '나'는 도망한 "나의 꿈속"에서조차 주인이 될 수 없다. 여기서도 "나는 나를 부정"한다는 문장은 중단되지 않는다. "일본의 지정池庭 양식 참고"했으나 '나'의 "꿈속다운 특징" 역시 지니게 한 이 정원에서, 흘러나오는 음악에 맞춰 한 송이, 한 송이 꾸준히 피어나던 장미는 마침내 사랑의 결실인 백만 송이를 완성한다. 그러나 "부정하라 나는 부정되라", 계속되는 미러볼의 주문과 함께 '나'는 "부정당한 백만 한번째 장미", 또는 "다섯 머리가 여덟…" "대가리 늘려가는 뱀"이 되어 안팎의 경계 없는 이 미완성의 '꿈'을 지속해야 한다.

어딘가 기괴하고도 아름다운 위의 장면은 한없이 무대 밖으로 밀려나면서도 "기형"의 궤도를 유지하며 미러볼 주변을 서성이는 '나'의 모습을 상상하게 한다. 어둠 흔드는 탱고로의 위장, 탱고 속 장미로의 변신, 무섭게 증가하는 쌍두사로의 둔갑은 그 모든 것으로부터 한 발짝 부정되기만 하는 '나'의 상태를 보여줄 뿐만 아니라, 숱한 그 부정에도 매번 새롭게 "시작"되어야 하는 '나'의 탄생을 강조한다. 만약 이 '나'가 자신은 "알츠하이머에 걸린 연필"이며, "똑같은 이름 매번 다른 글씨체로 벽 위에 겹겹이 새겨놓"는 것과 같은 종류의 "저주를 앓고 있다고"(「0347」) 토로한다면, 시집을 관통하는 위의 이미지는 매 순간 "기형"으로 태어나기에 무수히 다시 "시작"될 수밖에 없는 '글쓰기'에 대한 거대한 비유로 전환될 수 있다. 미완의 "어둠 흔드는 탱고"가 '나-쓰기'라는 불멸의 프로젝트 층위로 이동하는 것이다.

2.

출근 시간, S선 버스. 스물여섯 언저리의 남자 하나, 리본 대신 끈이 둘린 말랑말랑한 모자, 누군가 길게 잡아 늘인 것처럼 아주 긴 목. 사람들 내림. 문제의 남자 옆 사람에게 분노 폭발. 누군가 지날 때마다 자기를 떠민다고 옆 사람을 비난. 못돼먹은 투로 투덜거림. 공석을 보자마자, 거기로 튀어감.

두 시간 후, 생라자르역 앞, 로마광장에서 나는 그를 다시 만남. 그는 이렇게 말하는 친구와 함께 있음: "자네, 외투에 단추 하나 더 다는 게 좋겠어." 친구는 그에게 자리(앞섶)와 이유를 알려줌.[1]

출근길의 버스는 언제나처럼 분주하고, 그 안의 한 남자는 유난히 거친 언행으로 이목을 끈다. 남자의 행동을 불쾌한 눈으로 지켜보았던 '나'는 몇 시간 후 근방의 기차역에서 문제의 남자를 다시 마주치게 된다. 그다지 특별할 것 없는 이날의 장면은 특별한 실험에 의해 총 아흔아홉 가지의 언어로 변주된다. 흥미로운 것은 다양한 버전으로 재구성된 그날의 이야기가 해당 정

1 레몽 크노, 「약기略記」, 『문체 연습』, 조재룡 옮김, 문학동네, 2020, p. 11.

황을 좀더 세심히 묘사하는 일에 복무되지 않았다는 사실이다. 이 수십 번의 다시 쓰기는 오히려 목격된 정황의 체질을 극적으로 바꿔나간 것은 물론 정황이라는 것 자체의 의미를 의문에 부친 사례가 된다.

해당 실험의 주인인 레몽 크노는 자신에겐 문체 연습 외에 아무것도 아니었던 이 '놀이'가 의도치 않게 "여러모로 녹슨 문학에서 문학을 잘라내는" 방대한 결과를 가져온 것 같다고 말한 바 있다.[2] 실험 결과에 그다지 큰 의미를 부여하지 않으려는 작가의 발언과는 별개로, 이것이 그의 오랜 관심사였던 "문학의 기술적 형식적 측면이 감추고 있는 가능성을 일깨우는" 일이자, 우리의 현실을 형성하고 지탱하는 것이 "언어 자체"라는 비밀을 "유쾌하고 눈부"시게 폭로한 사례[3]라는 해석에 이견을 갖기는 어렵다.

하나의 정황을 수없이 다시 쓰는 행위가 위와 같은 의미를 갖는다면, "알츠하이머에 걸린 연필"이 일인용의 숲속에서 지속하는 무한 연습의 경우는 어떨까. 박지일의 '나'가 강제적인 동시에 자발적인 저주 아래, 똑같은 자신의 이름을 변형된 이미지(「이 내가 나는 정말

2 Raymond Queneau, *Bâtons, chiffres et lettres*, Gallimard, 1965, p. 42; 레몽 크노, 조재룡 옮김, 『문체연습』, 문학동네, 2020, p. 157에서 재인용.

3 같은 책, pp. 158~60.

좋아」)로, 뒤섞이는 동행자(「사카린 프로젝트」)로, 같은 이름의 다른 사람이자 다른 사람의 같은 이름인 "나의 동료 숙희"(「현기증」)로, "호명하는 방법의 차이만 있을 뿐/하나의 인물"인 세잔과 용석(「세잔과 용석」)으로, 그러니까 매번 다른 문체로 새겨놓는 '프로젝트' 역시 그와 같은 해석을 위한 행위로 봐야 할까. 말하자면 '나'의 쓰기는 여러 반복되는 장면들 속 감지되는 일말의 차이와 그것이 "폭로"하는 다른 층위의, 이를테면 대문자 '문학'의 가능성을 지시하는 중인가.

그러나 박지일의 화자는 인공 감미료임이 분명한 사카린의 의미를 즉각적인 '행복'이 아닌, 삶에 관한 진정한 '단서'로 취급하려는 독자를 향해, "다 틀렸습니다 평론가 양반. 이것만은 다른 해석의 영역으로 퉁 치고 넘어갈 수 없겠습니다"(「사카린 프로젝트」, p.18)라는 경고를 날린 바 있다. 언뜻 시인의 목소리처럼 들리기도 하는 이 말은, 시집 전체를 감싸는 사카린의 저주와 그 저주를 앓는 연필의 의미 역시 '다른 영역'이 아닌 바로 이 자리에서 마주해야 할 이유가 된다.

> 씌어진 내가, 쓰는 나를 저주하도록, 멈추지 않는, 누구도 뛰어들 수 없는, 웅덩이, 내 눈동자로, 이 지독한 비가, 아무런 하늘도 없이
>
> —「패킹」 부분

'씌어진 나'와 '쓰는 나' 사이에서 반복 재생 중인, "멈추지 않는, 누구도 뛰어들 수 없는" 저주의 중심에는 도둑맞고 납치당한 '나'라는 감각이 놓여 있다. 박지일의 화자는 시집의 어떤 지점에 이르면 자신이 "표절당한 책"(「책; 달로 가는 버스」)이라고 주장한다. 바로 이 주장에 따라 '나'는 자신을 배제하는 세계의 논리에 의해 부정되면서도, 소외의 정황을 무수히 반복하며 끝내 반복의 '궤도'를 차지하게 되는 자가 아니게 된다. 그보다 '나'는 "기울면서 도통 기울지 않는 자신을 영원히 응시하지 않을 수 없는 과정으로"(「일점일오 센티미터」), 자신의 "눈동자"인 그곳으로 매번 새롭게 내던져지는 인물에 가깝다. '나'를 표절당했다고 확신하지만, 그리하여 '나'는 어딘가 기울고 있다고 말하지만, 실상 빼앗긴 그것이 무엇인지, 나아가 기울고 있다는 사실이 사실인지조차 확신할 수 없기에 '표절당한 나'라는 사실을 "응시하지 않을 수 없는" 과정으로 내몰린 인물인 것이다.

> 천사여. 천사 아닌 이여. 내가 궁금한 건 이 책의 첫 장.
>
> 오로지 첫번째 페이지입니다. 글은 종이보다 두꺼운 뼈를 가졌으나, 천사여
>
> [……]

경청하는 뒷자리 승객들이여. 나는 표절당한 책입니다.
늙은 손들이 백 년 전으로 나를 옮겨 적고 있습니다.

—「책; 달로 가는 버스」 부분

따라서 "표절당한 책"인 '나'가 "이 책의 첫 장" "첫 페이지"를 궁금해하는 것은 충분히 수상쩍은 일이다. 표절을 당했다고 주장하는 인물이 표절의 내용을 궁금하다고 말할 때, 그는 해당 내용을 애초부터 소유한 적 없었던 것처럼 보이기 때문이다. 내 것이 아닌 무엇은 다른 누군가로부터 빼앗길 수도 없다. 그런데 "나는 표절당한 책입니다"라는 이 문제의 주장이 "늙은 손들이 백 년 전으로 나를 옮겨 적고 있습니다"라는 문장으로 이어진다면, 표절당한 자와 더불어 "옮겨 적"히고 있는 내용 역시 '나'의 일부이자 전체라는 사실이 암시된다. 표절을 당한 자와 표절을 당한 내용이 모두 '나'라는 이 의심스러운 주장은 '나'의 "눈동자"이기도 한 이 웅덩이에 실상 '나' 외에는 그 "누구도 뛰어들 수 없"다고 단언했던 화자의 말을 떠올리게 한다. 이 말은 '나'를 옮겨 적는 '늙은 손들'의 주인 또한 '나'라는 의미가 될 수 있다. 박지일의 "씌어진 내가, 쓰는 나를 저주"하고 있다고 말하는 이유는 '나'를 표절한 주체가, '나'를 훔친 그것이, 다름 아닌 '나'라는 사실에서 비롯된 것은 아닐까.

3.

레몽 크노를 비롯한 '울리포(Oulipo: Ouvroir de littérature potentielle, 잠재문학작업실)'의 작가들은 '모든 문학작품은 하나의 영감에서 시작되고 제약에 맞추어 변주'된다는 기치 아래, 언어의 근본 조건인 '제약'을 다양화하는 창작 방식을 택했다. 제약을 중시하는 이들의 태도는, 이른바 한계가 새로운 창작의 가능성을 자극한다는 주장의 실현일 뿐만 아니라, 동일한 제약 속에서 피어났던 과거의 문학을 다시금 세심하게 들여다보는 작업이기도 했다. 이들의 연구는 과거의 작품(제약)에 잠재된 가능성을 발굴하고 심지어 그들에게 새로운 길을 열어주는 '분석과 통합'이라는 경향[4]으로 수렴된다. 말하자면 문학사의 유구한 '반복'과 간발의 '차이'로서 개별 작품이 지닌 독창성이라는 관점은 지금의 "일부 아이디어가 예전에 이미 진술"[5]된 무엇이라는 사실을 끊임없이 상기하는 과정이기도 한 것이다. 그런데 만약 문학이 이처럼 드러난 '제약'임을 넘어, "비밀스런 제약, 나아가 의도하지 않은 제약"(p. 29)이기도 하다면, 제약으

4 남종신·손예원·정인교 엮음, 『잠재문학작업실』, 작업실유령, 2013, pp. 124~26.

5 피에르 바야르, 『예상 표절』, 백선희 옮김, 여름언덕, p. 27. 이후 인용 시 출처는 괄호 안 페이지로 표기한다.

로부터 생성되는 재칭조에는 반드시 이 사실을 발견하게 할 또 다른 텍스트가 필요하다. 이 지점에 주목한 피에르 바야르는 '울리포'의 기저에 놓인 개념을 '예상 표절'로 정리한다.

바야르에 따르면, '예상 표절'은 비선형적인 시간, 혹은 "전혀 다른 모양으로 표현되는 시간"(p. 116)을 보여주는 개념이다. 예상 표절의 관계에 놓인 텍스트는 일반적인 표절의 정의가 그런 것처럼 서로 닮음이 은폐될 때 성립된다. 특별한 점이 있다면, 텍스트 간의 유사성이 과거 작품에서 미래 작품으로 향하는 고전적 시간 너머에서 이해된다는 사실이다. 후대의 작품이 자신보다 앞선 과거의 아이디어를 훔치는 것이 아니라, 과거의 작품이 아직 생성되지 않은 미래의 작품을 (미리) 훔치는 것이 바로 예상 표절이다.

예상 표절은 '원작'의 어떤 부분이 작품 전체와, 나아가 그 작품이 놓인 시대와 맺는 불일치를 근거로 그것이 미래 작품을 표절했을 가능성을 주장한다. 모파상의 작품에서 출현한 철저하게 프루스트적인 무엇, 혹은 '카프카의 선구자들'에게서 발견되었으나 후대의 카프카가 주인인 것이 분명한 카프카적인 무엇은 원작과 모방의 선후 관계를, 도난과 표절의 고정된 정의를 훨씬 복잡한 사안으로 만들며 과거와 현재, 미래라는 직선적 시간관을 급진적으로 해체한다. 우리는 이 '예상 표절'

의 혼재된 시간관 속에서 무대 전체와의 부조화를 고집스레 이어가는 '나', "항상 동일한/좌표점"에 있음에도 정확히 같은 곳에서 "당황하여 허우적거리"(「일점일오센티미터」)며 넘어지는 '관객-나', 그 때문에 "시대착오적"이면서도 때론 전혀 "다른 시간에 속하는 것처럼 보이는"(p. 47) '나'라는 불일치, 요컨대 스스로가 "표절당한 책"이라고 강력하게 주장하는 박지일의 납치된 '나'를 떠올려볼 수 있다.

또 납치된 것 같습니다.

몰려오는 허기입니다. 개울과 개울의 개울 기록하는 것에 한창 몰두 중이었는데. 징검다리 걷기 반복하고 있었는데. 보이지를 않습니다 진동하던 풀냄새와 검은 물 속 들끓던 비단잉어 떼.

흔한 표정 없이 주저앉아 있습니다. 묶여 있지 않아 소용없는 몸부림입니다. 이곳은 누군가의 집 같고 펼쳐진 캐리어에 셔츠와 셔츠의 셔츠 쌓고 또 쌓는 일 배정 받았습니다. 곧 납치될 것인지 막 납치된 것인지 헷갈리기 시작합니다.

[……]

아마 납치된 것 같습니다.

[……]

실패한 장난감입니다. 나는 트랙에 강제로 삽입된 멜로디 같습니다. 한쪽 귀로 동시에 파고드는 비단잉어와 미꾸라지의 궤적입니다. 공터를 원했을 뿐인데 돌과 돌의 돌이 돌담 쌓아 올리고 슬레이트 슬레이트 지붕과 화약 냄새 풍기는 눈동자들 나를 둘러쌉니다.

[……]

잊으라 흔들리던 징검다리, 뒷덜미 낚아챈 손, 집의 설계도 다 잊으라. 잊고 잊음으로써 경주마들 일제히 달려오는

트랙 한복판으로 곧 납치될 것 같고. 두 눈 더듬을 때마다 아무 일도 일어나지 않는다는 사실만이 자꾸만 이곳에서 저를 훔쳐냅니다. 아아 배고파 부엌에서 접시 쥐고 거품과 거품의 거품 만들어내면서 나는 자꾸만.

—「휴일」 부분

'나'의 일부이자 전체인 무엇을 도둑맞은 것 같다는 감각은 반대로 나 역시 "누군가의 집 같"은 낯선 "트랙에 강제로 삽입된 멜로디"인 것 같다는 불안, 즉 다른 무언가에 함부로 침입하고, 그것을 흉내 내는 과정을 통해 '나'가 형성 중인지도 모른다는 불안으로 나아간다. '나'의 독자성을 근본부터 의심하게 하는 이 불안감이야말로 "잊으라"는 명령 아래 "경주마"처럼 트랙을 "달려오는" 와중에도 그리하여 "아무 일도 일어나지 않는다는 사실"을 거듭 확인한 뒤에도 여전히 "트랙 한복판으로 곧 납치될 것 같"은 기분을, 누군가 "저를 훔쳐" 내고 있다는 강박을 떨칠 수 없게 하는 원인이다.

바야르는 표절에 대한 정의의 혼란이 이 지점에 다다랐을 때, 그러니까 고전적 시간관이 완벽한 해체의 수준에 이르러, '원본'이라는 창조적 허상이 실제와 더는 명백히 구별되지 않을 때, 표절의 주체/당사자는 "더 이상 개인들이 아니라 문학적 흐름들"(p. 101)이라고 말한다. 같은 결과를 박지일의 시집에 대입하고자 한다면, 이는 대문자 문학의 본질과 같은 '다른 영역'이 아니라, '일인용 숲'인 바로 이곳에서, 독자성 없는 독자적 주체인 '나'에게 '문학적 흐름'의 의미가 무엇인지 살피는 일이 되어야 할 것이다.

4.

모토; 나는 나와 교환한다

[……]

이것은 잠든 나를 대신하여 그가 스스로에 관해 남겨 놓은 기록의 일부였다

[……]

때때로 시간이 그를 앞섰다

[……]

숨바꼭질을 끝낼 방법은 하나라네 너와 나와 화가가 동시에 뒤돌아보는 얼굴 찍힌 사진을 가져올 것

—「후보 선수와 참여자들」 부분

'표절'을 통해 재편된 이 세계의 질서는 "나는 나와 교환한다"는 '나'의 모토를 새로이 선포한다. 예상 표절의 관계에 있는 '나'와 '나(들)'는 서로가 서로에 의해

교환될 수 있으며, 때로는 시간으로부터 얼마간 뒤쳐진 상태에서 이를 수행하기도 한다. 그러나 표절된 상태에서 이루어지는 교환이란 결코 동등하고 완전한 거래가 될 수 없다. 아직 형성되지 않은 '나', 어쩌면 영영 발생하지 않을 '나'를 교환하는 일은 양쪽을 영원한 술래로 삼는 지독한 "숨바꼭질"인지도 모른다. 그런데 이 문제의 놀이를 끝낼 방법이야말로 우리를 더욱 혼란스럽게 하는 것 같다.

"*너와 나와 화가가 동시에 뒤돌아보는 얼굴 찍힌 사진을 가져*"오는 것이 반복을 중지시킬 수 있는 유일한 방법이라면, '나'와, "잠든 나를 대신하여" "스스로에 관해 남겨놓은 기록의 일부"인 '나'를 제외하고도 또 한 사람, 숨바꼭질의 "후보 선수"가 따로 존재한다는 말이 된다. 별안간 등장한 화가는 대체 누구이며, 과거 또는 미래와 구별되는 '현재'라는 것이 도무지 가능할 것 같지 않은 이곳에서, 표절당한/표절 중인 '너와 나와 화가'를 동시에 담는 '순간'이란 가능한 것일까. 예상 표절이 뒤섞어놓은 이곳의 시간은 무엇보다 "현재가 무한히 느슨해질 수 있다는 가정"(p. 102)을 사실로 만든다. 이쯤에서 다시 기억되는 것은 시집이 공유했던 최초의 전제, '나는 나의 마지막 목격자'라는 구절이다. 일인용 숲이 목격하고자 했던 단 하나의 정황은 혹시 '너와 나와 화가'를 동시에 담는 불가능한 순간이었던 것은 아닐까. 그렇다면 이들 만남의 순간을 개인이 아닌 '문학적 흐름'으로 이해하는 방식이란 과연 또 어떤 것일까.

나 장면을 전환한다

청둥오리를 뒤따른다. 청둥오리는 너의 흐름이었고 너의 궤적이었고 너를 난사한 산탄총이었으나

나는 너를 시작할 수 없다

—「빈방은 나의 정원 그네 하나 끝없이 흔들려야만 했어요」 부분

목격자인 '나'는 "장면을 전환"한 자리에서도 여전히 "너를 시작할 수 없다"고 말한다. 뒤뚱거리는 걸음으로 "너의 흐름" "너의 궤적" "너를 난사한 산탄총"의 흔적을 아무리 뒤따른다 해도 온전한 '너'와 '나'를 시작하는 일에는 역부족이라는 것이다. 혼란하고 어지러운 숨바꼭질이, 그 의미를 "이해할 수 있는 유일한 미래의 존재들과 살아 있는 자들 사이에 실존하는 것과 창조되지 않은 것을 잇는 흐릿한 대화"(p. 133)가 되기 위해서는 이 대화를 '떠맡을 자', 즉 최종의 목격자가 다시 요구된다. 그리고 그는 이 모든 이야기를 '단 하나의 정황'으로 정리하는 자가 아닌, 목격되지 못한 것으로부

터 새로운 것을 목격할 수 있는 잠재성의 자리로 우리의 숨바꼭질을 이동시키며 자신의 얼굴 역시 그 '순간'에 기입하는 '화가'여야 한다.

> 주인 없는 요람이랄까. 내가 거주하고 있으므로 발견될 수 없는 아지트랄까.
>
> 이곳에서 너는 쉽게 시작되라.
>
> —「Selfie」 부분

다시 쓰는 이름들을 통해 무한히 느슨한 현재를 유지하고자 했던 박지일의 "저주"는 이 모든 정황의 최종 목격자인 '나'를 통해서만 지속될 수 있다. 그런데 이처럼 '나'가 수없이 선언되고 또 부정되는 '일인용 숲'이 실상 "주인 없는 요람"이며, "내가 거주하고 있으므로 발견될 수 없는 아지트"라는 사실, 그리고 "이곳에서 너는 쉽게 시작"된다는 주문은 목격자인 '나'의 자리가 곧 '화가'라는 자리 자체임을 알려준다. 목격자 '나'는 '일인용 숲'의 소유자가 아닌 그것에 일시적으로 들어선 세입자인 우리, 숲속에서 숱하게 뒤섞이는 '나'들을 매 순간 다르게 읽어낼 우리 독자의 몫인 것이다.

정체 모를, 립싱크 하이웨이와 비슷한

그러니까 영상, 흰 유령 저속력으로 달리던

그러니까 가드레일 옆면에 뿔 갈며 마콘다라 불리는 영물을, 은빛 드릴을

[……]

그러니까 벗어날 수 있을 거라 생각해? 새벽 세 시 삼십칠 분에 갇힌 내가 17,832헤르츠 목소리 떠나지 못해 대충 잡도리 친 생선 살이나 발라 먹는 내가

아 그러니까 백반집 구석에서 죽은 이를 구실 삼아 입구까지 축 늘어진 손톱을 가위로 썰어내는 내가 립싱크 하이웨이라 불리는 일종의 과거 아닌 과거를 반복하는 내가

[……]

아 그러니까 나와 전혀 관계 아니하는 구름이 어찌 나와 상관해보겠다는 듯 꿈틀대는 저 하늘을, 빌딩, 혜화, 신촌 거쳐 어데 립싱크 하이웨이를, 미치지 아니하고야 어디 한번 미쳐볼 생각에 매초 미쳐 있는 이 나를.

—「립싱크 하이웨이」 부분

목격자의 자리는 이 불가능한 '순간'이 언젠가는 목격 가능한 순간이 되리라 믿게 한다. 그 순간에 대한 믿음은 "정체 모를 립싱크 하이웨이와 비슷한" 그러니까 "흰 유령 전속력으로 달리던" 영상 같은, 그러니까 "마콘다라 불리는 영물" 같은, '나'와는 전혀 관계없으나 상관은 있을 "구름" 같은, "일종의 과거 아닌 과거"의 반복 같은, 그러니까 [……] 결국 "립싱크 하이웨이"로서의 다시 쓰기로서만 지속될 수 있다. 언제나 한 발짝 늦거나 빠른 보폭 때문에 서로 걸음을 맞출 수 없는 '나(들)'의 립싱크-쓰기는 이미지와 음성의 완벽한 일치의 순간을 통해 대문자 문학의 본질과 '나'의 진리를 깨닫는 과정이 아니다. 박지일의 연필은 삶과 쓰기의 완벽한 일치를 흉내 내는 '불일치'로서 "백반집 구석"과 "저 하늘을, 빌딩, 혜화, 신촌"을 계속 걷는다.

이 과정 전반이 개인들의 이야기를 넘어 '문학적 흐름들'이 될 수 있다면, 이는 '시'를 "바구니"가 아니라 "바구니 들고 가는 하나의 세계"로, "24시 상점 밝힌 간판 찾아 헤매는 새벽 거리"의 "이 시"(「0347」)의 차원으로 끌어 내리는 '독자-화가'에 의해 성립된다. 화가의 존재는 '다른 영역'으로 향하려는 모든 관념을 바로 이곳에 자리하게 하는 '이'라는 지시어의 힘, 즉 중력의 다른 이름이기도 하다. 그의 목격에 의해 '나'들의 뺏고 빼앗기는 강탈전과 기울어진 교환은 "이 시"의 비선형

직 질서에 의해 재조립되면서도 여전히 "이 시" 속에서만 머무르며, 그렇게 "이 시"의 '나'와 관계하는 우리, 즉 목격자를 다른 역사로 옮겨놓는다.

빠비안 나는 너를 사랑해.

—「빠비안」 부분

하나의 정황 속에서도 제 자리를 찾지 못하는 "표절당한 책"이 바로 '나'이지만, 그 표절의 의미가 목격자에 의해 끝없이 재구성될 수 있다면, 철저하게 부정되고 멸시되어야 할 '나'라는 것도 실은 있을 수 없다. '나'는 여전히 '나'를 모르지만, 주인 없는 요람에 세입자의 자리가 열려 있는 한 '나'는 다르게 쓰일 것이기 때문이다. 세입자의 존재와 그의 몫을 믿을 때, 매번 부정되는 '나' 역시 "이 시"에서 생성된 "이 내"만큼은 "정말 좋아"라고 말할 수 있다. 알츠하이머에 걸린 연필은 단순히 망각을 통해서만은 아닌 방식으로 '나'를 사랑할 수 있으며 "빠비안", 또 다른 이름으로 우리를 부르며 제 서툰 사랑을 고백할 수도 있다. 최종 목격자인 '나-우리'는 이 하나의 정황을 목격하기 위해 오늘, 이 자리에 있다. ▨